Julius Grosse

Gudrun

Schauspiel in fünf Aufzügen

Julius Grosse

Gudrun
Schauspiel in fünf Aufzügen

ISBN/EAN: 9783743644038

Hergestellt in Europa, USA, Kanada, Australien, Japan

Cover: Foto ©Andreas Hilbeck / pixelio.de

Weitere Bücher finden Sie auf **www.hansebooks.com**

Gesammelte

Dramatische Werke

von

Julius Grosse.

Sechster Band:

Gudrun.

Leipzig

Verlagsbuchhandlung von J. J. Weber.

1870.

Gudrun.

Schauspiel in fünf Aufzügen

von

Julius Grosse.

Leipzig

Verlagsbuchhandlung von J. J. Weber.

1870.

Paul Heyse

in

alter Freundschaft und Liebe

zugeeignet.

Vorbemerkung.

Die „Gudrun" entstand im Winter 1865/66. Der Wunsch, diese „deutsche Iphigenia" endlich auch für unsre Bühne lebendig zu machen und dauernd auf ihr einzubürgern, nachdem dies den ungleich spröderen Gestalten der nordischen Sage, den Siegfried und Hagen, Brunhild und Chriemhild, gelungen ist, bedarf wohl keiner Motivirung. Steht doch dieses Schwesterepos der Nibelungen wie ein sanftes liebliches Meeridyll neben den vulcanischen Phänomenen jener Felsenwelt. Aber wenn jene starren Recken dem heutigen Publicum nicht mehr fremdartig und „entlegen" sind, so dürfte ihm auch die ungleich menschlichere und rührendere Sage von der gefangenen deutschen Königstochter nahe zu bringen sein. Germanisten mögen die Episode des zweiten Actes, wo die Hegelingen in Streit gerathen, nicht als willkürliche Erfindung betrachten, sondern als eine für das Drama

nothwendige Retardation entschuldigen. In allem
Uebrigen hat das Stück die Elemente des Epos un=
verändert beibehalten können; Vieles, was im Epos
Action war, mußte hier Erzählung werden, da die
ganze Handlung auf einen Tag zusammengedrängt ist.
Das Schauspiel ist gegenwärtig von den Hofbühnen
zu München, Weimar und Oldenburg zur Aufführung
angenommen worden, allerdings in einer etwas kür=
zeren Redaction. Reflectanten, welche diese Bühnen=
bearbeitung wünschen, mögen sich an die Weimarer
Intendanz wenden.

Weimar, im Juli 1870.

Der Verfasser.

Gudrun.

Grosse, Gudrun.

Perſonen:

Ludwig, König der Normannen.

Gerlind, Königin.

Hartmut, Beider Sohn.

Hilda, Königin der Hegelingen.

Ortwin, ihr Sohn.

Gudrun, ihre Tochter.

Wate, Herzog von Stormland.

Frute, Herzog von Dänemark.

Herwig, König von Seeland.

Horand, Herzog von Moorland.

Morung, Herzog von Nisland.

Irold, Herzog von Friesland.

Hildburg,
Hergard,
Rosimund, } gefangene Mädchen der Hegelingen in der
Rotrud,   Normandie.
Swanhild,

Wolfram, } im Dienst König Ludwigs.
Dietrich,

Ein alter Fiſcher mit ſeinem Buben; Kämmerer, Waffen=
träger und Krieger der Normannen. Mädchen und Kriegs=
volk der Hegelingen.

Scene: Burg Caſſian und die Inſel Guſtrate an der Küſte der
Normandie. Die Handlung beginnt am Tag vor Palmſonntag
und endet am folgenden Mittag.

Erster Aufzug.

Große Halle auf der Burg Cassian.

Erster Auftritt.

Dienerinnen bekränzen die Säulen und Pforten des Saals mit Immer-
grün und Tannenzweigen. Unter den Dienenden Gudrun und Hildburg; erstere im Vordergrund. Beide in ärmlicher Kleidung.

Gudrun.

Bekränzt die Pforten, schmückt die Säulen nur,
Erlösung kommt und Ende aller Qual.
Zehn Jahre nun Erniedrigung und Noth,
Von Räuberhand entführt vom Heimatland,
Fort über Meeresweiten weggeschleppt,
Mißhandelt in Gefangenschaft und Thränen . . . .

Hildburg.

Schon wieder spricht sie, wie im Traum verloren.

Gudrun.

Dann schien Befreiung schon zu nah'n. Beflügelt
Naht' unser Volk, verfolgend wie der Sturm.
Es braust die Schlacht. Doch Tausende versanken

1*

Im blut'gen Meer. Wir schrieen an dem Strand,
Und wieder rissen Fäuste uns hinweg.
Die Segel flatterten, die Wellen rauschten,
Da endlich taucht ein weiß Gestade auf
Mit hundert Burgen. Unvergessen blieb
Der Schreckenstag und alles in Erinn'rung,
Als wär' es gestern, und die Zeit ein Traum.

Hildburg.

Warum so düstre Bilder, meine Gudrun? —

Gudrun.

Wir waren sechzig Mädchen, weißt Du, Hildburg,
Doch als ich weigerte den Liebesbund
Mit König Hartmut, unsrer Feinde Sohn,
Da galts die scheue Möve grausam zähmen
Mit Hohn und Hunger und mit hartem Zwang,
Man trennte die Gefährtinnen des Leids.
Nur Du bliebst bei mir in der langen Nacht,
Noch einmal, theure Hildburg, dank ich's Dir.

Hildburg.

Warum so ernst und feierlich, o Herrin?

Gudrun.

O mir ist hehr und freudig heut zu Mut,
Ich hatte einen wunderbaren Traum,
Noch schwimmt er mir wie Zauber vor den Augen.
Wir standen Beide an dem Strand der See,
Fern schien die Sonne auf die schwarze Flut,
Doch uns umbrauste Hagelsturm und Schnee.
Da plötzlich kam ein Schwan von fern geflossen,
Mit Menschenantlitz, wie Walkyren sind,

Und sang ein Lied aus unsrer Kinderzeit
Und sprach von meiner Mutter, von Ortwin,
Von Herwig, dem Geliebten, auch von Wate
Und Frute, Morung, von den Helden allen.
Dann winkt er uns, ihn mutig zu besteigen,
Und wuchs gewaltig. Wir gehorchten ihm,
Und setzten uns auf seinen Federrücken.
Da spannt er seine Flügel rauschend aus
Und himmelan erhob er seinen Flug.
In Schwindeltiefen lag die blaue See,
Die weißen Küsten und die Inseln alle.
Doch plötzlich kam ein Glanz, auf goldnen Stühlen,
In Wolkenbildung saßen die geliebten,
Die theuren Eltern. Lächelnd schlossen sie
Die Arme auf. Unnennbares Entzücken
Durchwogte mich. Wir schwebten auf sie zu,
Da wacht' ich auf und mußt' unendlich weinen. —

Hildburg.
Und dieser Traum bedeutet, wie Du meinst? —

Gudrun.
Die Rückkehr nach der Heimat zeigt er an,
Nach jener Heimat, wo die Seligen wohnen —
Er deutet uns den Tod — —

Hildburg.
Entsetzlich, Gudrun!

Gudrun.
Nein, freue Dich mit mir. Im Tod ist Freiheit,
Auf Erden seh ich keine Rettung mehr.

Hildburg.

Die Königin, sie naht. Schnell an die Arbeit.

Zweiter Auftritt.

Königin Gerlind mit Hergard und Gefolge. Die Vorigen.

Gerlind.

Noch immer müßig, Ihr saumselig Volk!
Wo bleibt die Arbeit?

Gudrun.

Schmäle nicht, wir geh'n.

Gerlind.

Weiß man im Voraus, was ich sagen will,
Vorlaute Magd, die gern in Thränen schwelgt.
Wir kennen wohl die deutsche Jungfernart.
Ich weiß, Ihr nennt mich streng. Wir sind es nicht.
Nur zu viel Nachsicht übte meine Güte.
Geht, wechselt Euer Kleid. Es giebt ein Fest. —

Gudrun.

Dies ist das Festkleid unsrer Trauerzeit.

Gerlind.

Kein Widerspruch! Hier, höret Hergard selbst.
Seht, Euer Eine ist vernünftig worden.
Den Brautstuhl heut' besteigt sie mit dem Mundschenk,
Und bald ist Hochzeit. Nehmt ein Beispiel dran —

Gudrun.

Hergard, Du könntest —

Hergard.

Gieb mir Deinen Segen,
O Gudrun, warum zürnst Du mir? Wir kehren
Doch nimmermehr zurück. Und hier beschlossen
Ist unser Loos. Hältst Du's für Ungewinn,
Geliebt zu werden? Liebe bringt Versöhnung,
Auch Dir, o Gudrun. Reich mir Deine Hand.

Gudrun.

Hinweg von mir, abtrünn'ge Gleißnerin.

Gerlind.

Wer ist nun unversöhnlich gegen uns,
Als diese deutsche Bettlerin. (Zu den andern.) Jetzt geht
Und legt die schlechten Magdgewänder ab.
Hartmut, mein Sohn, er kehrt vom Feldzug heim.

Hildburg.

Verstehst Du's, Gudrun, König Hartmut kommt.
Man soll uns nicht als Dienende hier sehn,
Daß man's nicht merkt, wie schmählich wir mißhandelt.

Gudrun.

Schweig, gute Hildburg

Hildburg.

Lang hab ich geschwiegen,
Heut endlich will ich reden! Denn es schnürt
Die Brust mir zu; heut muß die Last herunter!

Gerlind.

Was kannst Du sagen, freche Schwätzerin.

Hildburg.

Nur fragen will ich, Du sollst Antwort geben.
Sind wir behandelt hier als Königstöchter?

Hat man nicht jede Schmach auf uns gehäuft?
Flachs spinnen, Wasser holen, Ofen heizen,
Die Zimmer fegen, Küchendienste thun,
Solch saures Dasein ward uns zugemuthet,
Und karge Sklavenkost war unser Lohn,
Kaum Lumpen deckten unsren zarten Leib.
Sagt, sprech ich Wahrheit, gebt doch Antwort, Gerlind!

Gudrun.

Schweig, gute Hildburg, klage Niemand an.
Freiwillig nahm ich ja dies Leid auf mich,
Die Schuld ist mein, und nicht der Königin.
Gern will ich glauben, daß sie uns nur prüfte.

Hildburg.

Was hör ich, Gudrun, Du vertheidigst sie? —

Gudrun.

Gedenke jenes trauervollen Tags,
Da König Hettel, mein geliebter Vater,
Erschlagen ward, um mich erschlagen ward.
Seitdem verbannt ich allen Schmuck von mir
Und hüllte mich in Niedrigkeit und Trauer;
Denn all mein Leiden ist nur Bußezeit
Und wird es bleiben — ich verdient' es so,
Drum kann ich dieser Königin nicht zürnen.

Gerlind.

In jungen Jahren sprichst Du weise heut.
Auch meines Sohnes Wunsch wirst Du dich fügen.

Gudrun.

Wär's Euch, o Königin, nicht leid, den Mann
Zu frein, der viele Freunde Euch erschlug? —

Gerlind.

Was nicht zu ändern ist, das soll man tragen;
Mit Reichthum lohn' ich Deine Fügsamkeit.

Gudrun.

Des Herzens Schatz giebt man freiwillig nur.

Gerlind.

Der alte Starrsinn noch wie sonst; doch merke,
Wer nicht will Freude, der wird haben Leid.
Dich schützt hier Niemand. Gudrun, hüte Dich
Den Zorn zu reizen. Ich zertrete Dich.
Vollbringen sollst Du, was kein Bettlerkind
Noch je gethan. Mit Deinen Haaren sollst Du
Den Staub mir täglich von den Bänken wischen
Und sollst die Geißel kosten und den Hunger!

Gudrun.

Was droht Ihr noch. Zehn Jahre war es so.

(In der Scene Trompeten.)

Gerlind.

Mein Sohn! Fort, fort, sucht Euer Festgewand!

Gudrun.

Nein, Königin, was wir bisher gewesen:
Nur Dienerinnen bleiben wir auch heut.
Komm, Hildburg. Doch gestattet Ihr uns Urlaub,
So laßt mich heut die armen Kranken pflegen,
Es giebt noch viele Aermere als wir,
Und herzlich danken sie den Liebesdienst,
Komm, gute Hildburg — sie erlaubt es uns.

(Gudrun und Hildburg ab.)

Gerlind (allein mit Hergard).

Da geht sie hin, die listige Heuchlerin,
Um uns verhaßt zu machen, uns zum Hohn
Festhalten sie die Dulderinnenlarve.
Wer ist hier Königin? — Ich will's Euch zeigen!
Nur heute Waffenstillstand. — Horch, sie kommen.

Dritter Auftritt.

König Ludwig kommt mit seinem Sohn Hartmut und kriegeri=
schem Gefolge. Gerlind. Hergard.

König Ludwig.

Recht, feiert Feste — übertüncht den März
Mit Maiengrün. Die Ahnungen des Sturms
Verscheucht mit Freudenfeuern und Gesang.
In allen Reichen wird die Kunde neu,
Daß wir in Sorgen warten Tag und Stunde. —
Willkommen noch einmal, mein theurer Sohn,
Die Stirn mit jungem Schlachtenruhm geziert.
Wie viele Tausend Kämpen bringst Du mit?
Wir brauchen sie! —

Hartmut.
Und woher droht Gefahr?

König Ludwig.

Auch alter Ruhm wird mählig eisenrostig,
Der Glanz erlischt, und aus vergoßnem Blut
Nachwachsen Männer, die bewaffnet sind. —
Es wehn Gerüchte, drohende, von fern
Wie Waffenklirren und wie Hammerschlag.

Im Holstenland, in Moorland, auf den Inseln
Dröhnt Roßgestampf. Geheimer Feuerschein
Schwimmt Nachts wie Nordlicht über ihren Schmieden,
Sie rüsten sich! — Nach unsren Häuptern zielt
Die schwüle Wolke der geheimen Rache,
Und jene Mädchenschaar, die wir entführt,
Sie sind die Nornen unsrer Greisentage.

Hartmut.

Wo ist Gudrun? ich will sie sprechen, Mutter.

Gerlind.

Bin ich die Hüterin von solchen Dirnen?

Hartmut.

So ist es Wahrheit, was ich längst erfuhr:
Ihr habt die Aermste gnadenlos mißhandelt. —

Gerlind.

O wollte Gott, ich hätt' sie nie gesehn,
Statt schmähen sie auf unser Haus zu hören.

Hartmut.

Ich habe Euch beschworen, sie zu pflegen,
Um sie vom Haß zu heilen, den sie hegt.
Verwunden mag sie schon ein herbes Wort,
Und uns zu dienen, mag sie wohl verdrießen,
Denn viel zu Leide hab ich ihr gethan,
Wir machten ja die Armen all zu Waisen!
(Am Fenster.) Barmherziger Gott, da seh ich selbst sie stehn
In Magdgewand — verwildert und entstellt.
O, daß mein Auge solchen Anblick schaut!

Gerlind.

Glaub mir, mein Sohn, sie freut sich noch des Elends;

Sie möcht' ein Aschenbrödel sein, sie träumt
Von Tauben, die ihr helfen, und von Feen,
Die ihr auf Gräbern Schmuck zum Tanze spenden.
Nicht mildes Wort, nur Strenge beugt den Trotz,
Noch weiß ich, wie man Mädchen zieht, mein Sohn.

Hartmut.

O Mutter, schmachvoll habt Ihr mich getäuscht!

König Ludwig.

Nicht solche Worte mehr. Mißtönend klingt's,
Wenn ohne Würde Sohn und Mutter streiten;
Fluch droht dem Hause, dessen Friedensherd
Der Zwietracht seine Feuerbrände liefert.
Wir hoffen, Hartmut fand die Perle längst,
Die seiner werth und uns auch hocherwünscht,
Um dieser Herrschaft Dauer zu verleih'n.
Denn bald dahinsinkt ein berühmtes Reich,
Das ohne Erben auf dem Schwert nur ruht. —

Hartmut.

Wenn's eine Probe war, sie ist mißlungen,
Die Sehnsucht ließ das Liebste in Cassian.

König Ludwig.

Dem Heldenmuth ist eine Welt zu eng,
Der junge Aar darf selbst sich König fühlen.

Hartmut.

Gern opfr' ich meine Krone und mein Reich.
War nicht das Unglück schon mein Wiegenlied?
Als ich zur Welt kam, peitschte ein Orkan
Die brüllende See, doch fand er keine Schiffe,
Eiszapfen nur von unsern Dächern fegend.

Brach er an öden Klippen seine Wuth —
So ist mein Leben auch. Was ich errang,
Zerschmolz wie Eis und luftgeformte Wolke;
Nur ewiger Winter bot sich meiner Kraft.

König Ludwig.

Schwermütige Jugend ist die schwächste nicht,
Laut tönte immer bei den Frau'n Dein Ruhm;
Doch Unerreichbares im Sinne tragen,
Blind seinem Glück sein und das Eisen schmieden,
Bevor es heiß ist, ziemt dem Träumer nur,
Der nie sein Ziel erkennt.

Hartmut.

Ich kenn's zu gut,
Mein Leben und mein Sterben ist Gudrun,
Sie oder Keine sag' ich wie vor Jahren!

König Ludwig.
Unseliges Verhängniß. Eine Sage
Von alten Griechen singt vom Untergang
Der stolzen Stadt, die um ein Weib gefallen,
Das man geraubt — wie wir Gudrun entführt.
So komme denn, was mag. Der Burgen mehr
Als Flammenwuth hat Herzensglut gestürzt.
Nicht unsre Hand ist's, die Versöhnung weigert,
Vernimm mein Wort: Wenn jene Königstochter
Den Frieden will, wohlan, sie sei Dein Weib,
Ich selbst will um sie werben. Ruft sie her!

(Einer des Gefolges ab.)

Hartmut.

Du giebst mir wieder, was die Mutter nahm

Gerlind.

Versucht es nur, und lernt die Schelmin kennen,
Mit Todten spricht sie nur und mit dem Wind
Und heuchelt Wahnsinn, Demut, Heiligkeit,
Um Mitleid angelnd, uns verhaßt zu machen;
O, böse Arglist wohnt in dieser Schlange!

Vierter Auftritt.

Die Vorigen.   Gudrun wird eingeführt.

König Ludwig.

Zehn Jahre sind's nun, edle Königstochter,
Daß Du in diesem Land verweilst, als Gast
Mehr, als Gefangne. Denn mit Freundlichkeit,
Wie's Deinem Stand gebührt, empfing man Dich.
Du aber schütteltest die Rosen von Dir
Und flochtest Dornen um die Stirne, legtest
Des Hasses Panzer um die Jungfraunbrust,
Da Niemand Arges Dir gewollt. Indeß,
Die Jahre machen mürbe selbst den Fels.
Noch einmal heut als Werber nah ich Dir
Für meinen Sohn. Zieh aus Dein Gramgewand,
Laß Freude walten und erzeig uns Gnade.

Gudrun.

Wem soll ich Gnad' erweisen? Weit geschieden
Von Gnade bin ich. Klage blieb mein Loos.

König Ludwig.

Das alte Lied noch, nimm Vernunft an, Gudrun,
An Deinem Worte hängt ein Königreich,
Den reichsten Sommer kann Dein Händchen bringen,
Doch auch den Sturm erwecken, Blut und Nacht.
Du hast's erfahren selbst. Gedenk des Tages,
Da ich vom Schiffe in das Meer Dich warf,
Die Faust geschlungen um Dein reiches Haar.
Damals sprang Hartmut nach, hob Dich empor
Und rettete Dein Leben.

Gudrun.

Mir zum Leide.
Wohl mir, ich wär' ertrunken! Es ist mir
Nicht angeboren, daß ich ihm gehöre.

König Ludwig (auflodernd).

So thu ich, was mich reut, Vermessene!

Hartmut (dazwischentretend).

Was wagt Ihr — weg den Arm, beim hohen Himmel,
Wär's Jemand anders, der Gudrun berührt,
Ich nähm ihm Ehr' und Leben auf der Stelle! —

König Ludwig.

Tolldreister Knabe! — Unbescholten bin ich
Zu hohen Tagen grauen Haars gekommen,
Und möcht auch fürder noch in Ehren leben.
Gefangne dulden sonst ihr schweres Loos
Im Kerker schmachtend hinter Eisenstangen;
Du aber tobst verstockt in schnödem Undank.
In meinen Tagen anders war das Weib,

Und Schmuck und Perlen waren ihre Wonne.
Doch Eure Race scheint aus Nixenblut,
Aus zähem Schilf und harzigem Torf zu stammen,
Das Herz umschirmt mit Dämmen wie aus Furcht
Vor jedem freien Wellenschlag der Liebe,
Ein unnatürlich und stumpfsinnig Volk. —
Du aber wisse, trotziges Prinzeßlein,
Nicht um ein Mädchenschicksal gilt es hier.
's ist Himmelsgnade, wenn ein schwaches Weib
Zwei Völker kann versöhnen durch die Liebe.

Gudrun.

Nicht Ihr seid's, die hier fordern dürft, nicht Ihr!
Zehn Jahre Thränen fordern wir von Euch,
Des Vaters Leben, den Ihr mir erschlagen,
Die Qualen meiner Freundinnen, das Blut
All der Erschlagnen fordre ich von Euch,
So steht die Waage, und so wird's erfüllt!

König Ludwig (nach einer Pause).

Ein lang Gedächtniß hat das Schicksal und
Ein ewig Sühnen ist das Leben, doch
Die Vorsicht baut sich Wall und Thürme auf.
(Zu Gudrun:) Sprichst Du im Nornenton, wohl laß sie kommen,
Die Todten liegen still im Wulpensand,
Auch König Herwig, Dein Geliebter, maß
Den Boden längst und wandelt bei den Schatten!

Gudrun.

Was sagst Du da? Herwig, mein Theurer, todt,
Auch er durch mich — Nacht sinkt auf mich herein! —

König Ludwig.

Traf dieser Streich, noch andre werden treffen!

Hartmut.

Schlecht, dünkt mich, will es Eurer Würde ziemen,
Im Leid zu höhnen. Wer ein Herz zermalmt,
Wie kann er's hoffen jemals zu gewinnen.

König Ludwig.

Meinst Du mit süß'rem Tone sie zu locken,
Versuch Dein Glück. — Wir räumen Dir das Feld.

(Alle außer Gudrun und Hartmut ab.)

Fünfter Auftritt.

Hartmut. Gudrun.

Hartmut.

Nicht zürne meinem Vater, edle Gudrun,
Er ist ein alter Mann, der längst verlernt,
Mit zarten Frau'n zu reden, wie es ziemt.
Auf wilder See im Krieg ist er zu Haus,
Sein Leben war ein Raub, sein ganzes Reich
Die bunte Beute hundert fremder Städte,
Fast jedes Jahr sah ihn an andrer Küste.
Die Flüsse Deutschlands wissen zu erzählen,
Und Kinder schreckt sein Name dort bei Nacht.
Nicht zürn' auch meiner Mutter. Wenig schön
Hat sie gethan, Euch Aermsten zu mißhandeln.
Beim heiligen Gott, das hab' ich nicht gewollt,
Als ich in's Feld zog. — Hörst Du mich, Gudrun?

Gudrun.

Ich höre nur die Stürme und die Todten.

Hartmut.

Noch immer diese Nachtgedanken heut,
Unweiblich dünkt mich solcher Eigensinn.
Vertraue mir.

Gudrun.

O schweige, Sohn des Königs;
Ich will Dich weder hören, noch Dir trau'n.

Hartmut.

Laß meinen Vater aus dem Spiele, Gudrun.
Er übt Gewalt, doch Weisheit adelt sie.
Tyrannenmacht und Sanftheit — Riesengröße
Und Greisenschwäche sind gemischt in ihm,
Die eine macht gefährlicher das andre;
Doch seine eckige Stirn mit ihren Blitzen
Ist nur dem Feinde Drohung, nicht für mich;
Du weißt, meineigen ist dies reiche Land,
Wer könnt es mir mißgönnen hierzuland,
Wenn ich als Gattin dennoch dich gewönne!
Bist Du Walkyre, oder Wolkenfee,
So hab ich doch Dein Federkleid geraubt,
Und wider Willen selbst bleibst Du meineigen!

Gudrun.

Mich focht noch keine Sorge deshalb an.
Was hab ich Euch gethan, daß Ihr mich quält
Mit Eurer Liebe. Hasset mich vielmehr,
Ich fleh darum, als um die höchste Gnade!

Hartmut.

Was hab ich je gefragt nach süßen Worten —
Die Sturmflut wilder Jugend ist vorbei,
Ich bin ein Mann geworden, edle Gudrun.
Soll ich als Page Dir die Schleppe tragen,
Als Minstrel süße Lieder singen? Nein,
Du würdest mich verachten und verlachen,
Doch eines Königs Brust als Hort zu bieten,
Zu Deinem Schemel hunderte von Helden,
Das kann ein Norman und das biet' ich Dir!

Gudrun.

Ihr wißt, Herr Hartmut, wie's bewandt mit uns.
Ich acht' Euch wohl. Ich dank Euch lebenslang
Die Huld und Milde, doch die Liebe kommt
Von Gott, wie seine Stürme, seine Wolken,
Wir können sie nicht lenken, noch beschwören.

Hartmut.

Sag, was Du willst — einst hast Du mich geliebt.
Gedenk der stolzen Zeit in Matelan,
Wo wir zusammen fischten, ritten, jagten,
Beim Methe lachten und zur Laute sangen.
Dein Vater nur, er weigerte den Bund
Aus Furcht vor Seeland, das ihm näher lag.
Welch feiger Ritter war ich selbst vor Euch,
Hätt ich den Hohn mit kaltem Blut geduldet!
Dem Starken nur gehört das Glück, er zwingt
Sein Schicksal wie den Panther trotz der Krallen.
Drum raubt ich Dich, und nicht zum erstenmal

Ist um ein reizend Frauenbild gekämpft.
Ungleichen Kampf nur wagte einst Dein Vater.

Gudrun.

Doch Euer Vater schlug ihn mit dem Schwert,
Und Ihr verlangt, ich soll ihm Tochter werden?!
In meiner Heimat ist es Sitte stets,
Daß keine Frau dem Mann gehören soll,
Als frei durch beider Willen, doch Ihr wollt
Ein Weib auch ohne Liebe Euch vermälen.
Was bin ich denn, ein müdgehärmtes Herz,
Geheime Feindin, unversöhnte Freunde,
Werthlos für Euch. Was hülf Euch meine Liebe,
Ich würde Euch das Leben nur vergällen!

Hartmut.

Ich achte Deine Trauer, holde Gudrun,
Ließ Dich gewähren lange Leidenszeit.
Dich zu vergessen, suchte ich den Tod,
Doch immer siegesfreudig, unzertrennlich,
Walkyrengleich — so zog Dein Bild mit mir,
Wenn Feuerfunken aus den Schilden stoben,
Und Abendrot aus lichten Helmen floß,
Wenn grausig mich die Männerschlacht umtoste,
Und Helden fielen mit zerschrotnen Schädeln,
Stets schwebt es vor mir wie ein ferner Preis,
Daß selbst Verzweiflung fromm zum Glauben ward.
Sag', was ich thun soll — soll ich Drachen tödten,
Flammen durchreiten, wie einst Sigfried that?
Ich hab's vollbracht, und schwerer wohl als er:
Im Drachenblut des Zweifels abgehärtet,

Durchschreit ich Deines Hasses Flammen kühn
Und will Dich wecken, schliefst Du noch so fest,
Ich scheue keine Müh, Dich zu verdienen.
Du bist mein Schicksal, meine Norne, Gudrun,
Und willensstark hast Du mein Herz gemacht.
Versuch's, zertritt es ganz, Du kannst es nicht,
Denn unzerstörbar macht es meine Liebe.

Gudrun.

Und wenn Du noch zehn andre Jahr mir dientest,
Die Todten stehen zwischen uns, mein Freund,
Das Schicksal eines Mädchens ist erfüllt
In einer Liebe. Ich gehöre mir
Nicht selber mehr, bin weggeschenktes Gut,
Herwig mit heiligem Eid bin ich verbunden,
Sein Tod auch liegt auf meiner Seele nun!

Hartmut.

Und wenn er todt, so bist Du frei geworden!

Gudrun.

Die ächte Treue dauert über's Grab.

Hartmut.

Wer nach den Schatten jagt, verliert das Leben,
Du bist zu lieblich für die Todtenbraut,
Doch auch dem Schatten Dich zu rauben wag' ich.
Schick in die Hölle, schick mich in den Himmel
Zu Dir, Gudrun; ich dräng ihn doch hinaus
Aus Deiner stillsten, heimlichsten Erinnrung.
Sonst messen Fraun die Männer nach dem Werth,
Und größre Ehre darfs Dir wahrlich sein

Mir zu gehören, mir, dem Lebenden,
Als nachzuschmachten einem todten Nichts!

Gudrun.

Ich weiß nicht, was Du werth bist, doch ich weiß,
Du bist Gerlindens und bist Ludwigs Sohn.

Hartmut.

Ich fürchte diesen Haß nicht, denn er ist
Nur Stirnenrunzeln der verborgnen Liebe.
Glaub nicht, ich bettelte um Frauenhuld,
Doch ist Dein Haß so glühend und so blind,
So kann ich mich auch fürder nicht bekümmern,
Wie man Dich hier behandeln wird, Gudrun.
Such andren Lohn für Deinen Todtendienst.

Gudrun.

Den Lohn will ich verdienen, wie bisher.
Was kann ich hoffen, seit mich Gott vergessen!
Ach, auch der Gram kann Trost und Nahrung sein.

Sechster Auftritt.

Die Vorigen. Gerlind kommt zurück mit Gefolge und
Dienerinnen, unter ihnen auch Hildburg.

Gerlind.

Nun, kam die Heldin endlich zur Vernunft?

Hartmut.

Laß uns nicht also scheiden, theure Gudrun.

Gudrun.

Spart Eure Redekunst. Man zwingt ein Schiff,

Man zwingt das Meer, die Rosse auf den Weiden,
Ich bin ein Mädchen nur. Ihr habt Gewalt —
Doch wißt, ich würde Euch wie Judith tödten,
Und Fackeln werfen in des Daches First,
Und jauchzen würd' ich, wenn die Flammen prasseln!

Hartmut.

Genug, Gudrun. Hier seht Ihr, theure Mutter,
Was Ihr gesät mit Eurer Mädchenzucht,
Statt sie zur frommen Gattin mir zu ziehen,
Habt Ihr ein Herz erfüllt mit wildem Haß.
Verlangt nicht Dank von mir für solches Werk,
Für immer fehlt die Krone meinem Leben,
Und eine Wüste bleibt die Zukunft mir! (Er geht ab.)

Gerlind.

Nun triumphirst Du endlich, Heuchlerin,
Du Taubenherz voll Natterngift im Mund,
Hast Du's erreicht, den Sohn mir zu entfremden!

Gudrun.

O denkt, Ihr hättet eine Tochter auch,
Die fern ihr Brod in bittren Thränen äße,
Dann wißt Ihr, wie die Mutter mein gedenkt,
Die Jammerhafte. Gern will ich Euch dienen.

Gerlind.

Elende — dienen — um mit Klaggeschrei
Des Pöbels Mitleid tückisch zu erschleichen.
Ich weiß, Ihr hungert, dürstet, geht in Lumpen,
Euch rechte Heiligenmienen anzukränkeln.
Am liebsten wärt Ihr jetzt Gerippe schon,
Mit Edelsteinen in den Schädelhöhlen,

Um angebetet von dem Volk zu sein.
Willst Du mir dienen, Bettlerin, Du sollst's.
Doch kein Erbarmen kenn ich mehr. Verlachst
Die Geißel Du, so helfen noch Scorpionen!

Gudrun.

Ich hab Geduld, bis Gott ein Ende macht.

Gerlind.

Ja wohl, Du Heilige, die Du Gott mißbrauchst,
Zuvor doch sollst Du ganz mich kennen lernen.
Ich weiß, Ihr wähnt, ein ganz besondres Wunder
Sollt Euch der Himmel stets in Vorrath halten.
So wie der Winter haffen muß den Lenz,
Wie Zeit die Schönheit haßt und Nacht den Tag,
So haß ich Dich! Zerstören will ich Dich
Und Deine Schönheit, denn sie mahnt mich täglich
An meine Thränen und verlorne Tugend.
Glaub mir, ich habe auch gelitten einst,
Und der mich höhnte, preisgab und verließ,
Dein Vater war's, der hochmutvolle Hettel,
Den winterlang hierher ein Sturm verschlug.
Zwar er ist todt, sein falsches Lächeln doch,
Sein jäher Hochmut lebt noch fort in Dir,
Er wollte wiederkommen, doch er log,
Denn keine Treue giebt's; nicht die Natur,
Noch Jahre halten Treue, noch die Götter,
Und Du willst Alle überflügeln, willst
Noch Heilige werden bei lebendigem Leib,
Ich will Dir dazu helfen, eitle Närrin!
Herunter mit den Schuhn — Du sollst am Strand

Als letzte Magd mir die Gewande waschen!
Wo sind die Körbe — bringt die Linnen her.

Hildburg.

Was thut Ihr, Herrin, hoher Gott im Himmel,
Kein Königskind ward so mißhandelt noch,
Und draußen tobt der Sturm und stiebt der Schnee.

Gerlind.

Bedauerst Du sie noch, so hilf ihr selbst.

Gudrun.

Das lohn' Dir Christus, süße, treue Hildburg!
Willst Du mir helfen, schwindet auch mein Leid,
Wir wollen fröhlich alter Zeit gedenken,
Das Wetter ist ja maienhaft und lind,
Und desto leichter ist der Weg zum End:
So, siehst Du, Hildburg, wird mein Traum zur Wahrheit.

Hildburg.

Die reichsten Könige waren unsre Ahnen.
O Gerlind — Schande häufst Du auf Dein Haus,
Daß Du Gudrun zu solchem Tode schickst!

Gerlind.

Was liegt an Eurem Tod — hinweg mit Dir,
Du Nagel meines Sargs, Du Tropfen Galle
In meiner Speise, Du Gespenst der Nacht,
Du Teufelin, die meinen Sohn berückt,
Kein Friede kommt uns, eh Du ausgeathmet,
Hinweg mit Euch zum Meer — ich will nichts hören!

(Sie treibt sie hinaus.)

Der Vorhang fällt.

Zweiter Aufzug.

Insel Gustrate vor Cassian. Im Vordergrund eine von Felsen umgebene Bucht. Im Hintergrund das Meer und die Küste der Normandie.

Erster Auftritt.

In der Bucht des Vordergrundes landet in einem Kahne ein alter Fischer, gleich darauf sein Bursche.

Alter Fischer.

Macht, daß Ihr weiter kommt, der Fang war gut,
Vorwärts, des Königs Küchenmeister warten,
Denn eine große Hochzeit giebt's im Schloß.
Wo Asmund bleibt! Der Schnee fällt immer dichter,
Der Sturm wird wilder, sehen kann man nichts —,
Dies muß Gustrate sein. —

(Im Hintergrunde werden nach und nach eine große Anzahl von Schiffen sichtbar. Der Bursche kommt.)

Doch was wird das!
Zehn, zwanzig Schiffe tauchen aus dem Nebel,
Von Waffen klingts an Bord und Roßgewieher;
Sind das nur Räuber? — Duckt Euch in den Busch,

Ich mein', ich sollte diese Segel kennen.
Das wird 'nen Schrecken geben auf Cassian,
Wenn solche Gäste sich zur Hochzeit melden.
Ich glaube, diesmal hagelt's in den Brautkranz.
Macht fort, daß noch beizeit die Botschaft kommt,
Es giebt ein gutes Botenbrot. Duckt Euch,
Da kommen ein paar Bären schon — verwünscht,
Wir können nicht zurück. Asmund, hierher!

(Sie fliehen in die Büsche.)

Zweiter Auftritt.

Es treten auf **Herwig** und **Horand**, später **Frute, Morung**
und **Irold.**

Horand.

Endlich am Ziel. Das ist die Normandie,
Von hundert Burgen starren ihre Küsten.

Herwig.

O Anblick, der mein Herz erbeben macht,
Erhofft seit Jahren nun in heiligem Grimm,
Ein Wolkenbild der Sehnsucht und der Inbrunst.
Hier knie' ich nieder, wie ein Pilgersmann,
Der endlich sieht die heilige Stadt der Städte,
So grüß ich dich, gebenedeites Zion,
Du lichte Küste, die mein liebstes trägt.
Und sieh, jetzt blitzt die Sonne durch den Schnee
Mit bleicherem Stral, die Wellen branden wilder,
Gleichwie in Klage um das große Leid.
Dort muß sie dulden, meine süße Braut,

Du jammerreiche Dulderin Gudrun,
Wenn Deine Augen noch zum Himmel schau'n,
Wenn Du noch athmest — Horand, alter Freund,
Schilt mich nicht weibisch, weil das Leid der Zeit
Mich doppelt übermannt. Wie dem Gefangnen,
Der jahrelang in finstrem Kerker lag,
Die Augen schmerzen, wenn das Licht er schaut,
Und in des Schildes Spiegel sich erkennt
Verwildert, abgezehrt, entstellt, verfallen:
So könnt' ich heiße Thränen manchmal weinen
Aus Mitleid mit mir selbst und mit uns Allen,
Aus Scham zugleich — zehn Jahre ließ ich hingehn,
Zehn Jahr sie hülflos dulden Schmach und Noth.

Horand.

Wozu die Selbstqual, edler Herwig, heut,
Es lag ja machtlos unser Volk darnieder,
Geschwächt von Wunden und von Blutverlust,
Dem Kranken gleich, der langsam nur genest.
Kein Ackerbauer lebte, noch Matros,
Ein Volk von Greisen waren wir und Kindern,
Langsam erwuchs die Jugend; doch genährt
Bis tief ins Mark von Trauer, Rache, Wuth;
Nun ist die Saat mit Eisenkolben reif,
Und unsre Rechnung schließen wir mit Blut.
Da kommen Morung und der tapfre Frute.

(Morung, Frute und Irold treten auf.)

Frute.

Wer gab Befehl zur Rast?

Morung.

Wozu soll's dienen,
Hier auszusteigen auf der nackten Insel?

Horand.

Die Königin befahl es, edle Herrn,
Für einige Stunden nur —

Frute.

Für einige Stunden —
Unmöglich, blicket hin. Die Schaaren wimmeln
Den Wald herauf, sie zünden Lagerfeuer,
Als wären sie daheim. Die Pferde selbst,
Sie werden ausgeschifft sammt Zeltgeräth,
Dort sprengen sie am Strande, und ihr Wiehern
Schallt über's Meer. Ein schöner Ruhm, fürwahr,
Wehrlose, wüste Inseln zu erobern.

Herwig.

Gönnt doch die Rast dem wassermüden Volk,
Elend genug ist diese Klippe; nur
Der Muscheln Ruhbank und der Möven Heimat,
Die schaarenweis in nackten Felsen nisten.
Auch ist die Königin leidend von der Fahrt.

Irold.

Verderben bringt uns diese Weiberschwäche.

Horand.

Held Irold dürfte seine Worte wägen.

Frute.

Wir sind hier freie Männer, nicht Vasallen,

Irold hat Recht, der Krieg ist Manneshandwerk,
Nicht mit Spinnrocken spaltet man die Schädel.
Herwig.
Uneinigkeit doch spaltet Riesenkräfte.
Morung.
Und mehr noch Saumsal, Zagheit, Thatenfurcht!

Dritter Auftritt.

Die Vorigen. Königin Hilda mit ihrem Sohn Ortwin
und Gefolge.

Königin Hilda.
Was giebt's? Ich höre Wortgebraus, ich sehe
Entflammte Augen, zornbewölkte Stirnen,
Und selbst die Hand am Schwert. Was geht hier vor?
Streit unter Freunden, und in fremdem Land,
Hier, wo die Stunde der Entscheidung naht!
Des Schwurs gedenkt, den an den Gräbern Ihr
Gelobt im Kirchlein auf dem Wulpensand,
Wo unsre Gatten, unsre Brüder ruhn.
Morung.
Schon dort ward unnütz viele Zeit verloren.
Irold.
Und hier beginnt das Zauberspiel von Neuem.
Frute.
Warum dies, Königin? Im Angesicht
Des Feinds zu rasten und den Helm zu lüften?
Frisch drauf und dran!

Königin Hilda.

Wie viele Krieger zählt

Die Flotte?

Frute.

Was vom Hegelingenvolk
Schwertmäßig war, das trieb der Sturm zusammen.
Flaumbärt'ge Knaben eilten sich im Wachsen,
Weißhaarige Greise wurden wieder jung.
Die armen Fischer, die auf Klippen lauern,
Sich mit den Robben raufend um den Fisch,
Die Jüten, die in weiten Mooren hausen,
Halb Land=, halb Wassermenschen tief im Schilf,
Die rossekundigen Holsten von der Marsch,
Die armen Friesen, die jahraus, jahrein
Ihr elend Land dem Meer abringen müssen,
Die starken Sachsen, die den Hammer werfen,
Die Inselvölker, die im Baumstamm fahren,
Sie alle kamen auf des Heerbanns Ruf,
Das Herz im Leibe lachte dort uns Allen,
Als achtzig Tausend wimmelten am Strand.
Den sichern Sieg bürgt solche Uebermacht!

Königin Hilda.

Sie bürgt uns Sieg, doch bürgt sie leichter Frieden.

Frute.

Was wollt Ihr sagen?

Königin Hilda.

Lang hab' ich's bedacht,
Wenn auf der Fahrt im Sturm die Masten brachen,
Wenn Schiffe sanken, andre weitverirrt

In wilden Strudeln, grünen Schollen trieben
Und barsten, von dem Eis zermalmt, da dacht' ich:
So viele Menschen fielen schon um Gudrun,
Und wie viel Ströme Bluts noch werden fließen;
Doch steht die Uebermacht vor den Normannen
Und lagert vor der Burg von Cassian,
Dann hoff' ich, ohne Schwertschlag furchtgelähmt
Ausliefern wird man die geraubten Töchter,
Und friedlich endet dieser schwere Feldzug.
Süß ist es ja mit Uebermacht verzeih'n,
Und Kohlen auf des Feindes Haupt zu sammeln;
Drum schickt Gesandte, lasset sie verkünden,
Gebt uns in Gutem unsre Kinder wieder
Und Gnade sollt Ihr haben, ew'gen Frieden!

Frute.

Ich weiß nicht, hört' ich recht. Ihr wollt jetzt Frieden?
Und dazu, Herrin, brauchte es zehn Jahr?

Morung.

Nicht Eurer Tochter gilt allein der Feldzug,
Die Todten wie die Waisen wollen Rache!

Irold.

Das sagte keine Mutter, Königin,
Nur Blut kann löschen unsrer Ehre Flecken!

Horand.

Um die Gefangnen markten wäre Schmach,
Das Eisen nur ist richtig Lösegeld!

Herwig.

Auch mich füllt Staunen, hehre Königin,
Und Deiner Güte dankt nicht Freund, noch Feind.

Königin Hilda.

Auch Du, mein Herwig — Alle gegen mich!
Grausame Männer seid Ihr. Nimmermehr
Habt Ihr erlebt, was dieses Herz erfuhr.
Wie war es denn — schon einmal ward's versucht,
Gewalt entführte meine liebste Tochter,
Mein König Hettel und sein ganzes Volk
Verfolgten die Entführer über's Meer. —
Ich wartete in Thränen manchen Tag
Und betete mit den verlassnen Frau'n.
Nach dreißig Tagen endlich stieg ein Staub
Von fern herauf; und lautlos, ohne Schall,
Ein schwarzer Zug kam hügelab gezogen.
Der Rosse Mähnen fielen auf die Hufe,
Sie schritten langsam — ach, die Sattelkleider
Mit Blut verbrämt, sie sagten mir genug:
Schon rief das Volk nach seinem Herrn, die Frau'n
Und Kinder liefen, fragten nach den Vätern.
Da hob der alte Wate sich im Sattel,
Und seine Stimme klang wie aus dem Grab:
Nicht will ich Euch betrügen, liebe Leute,
Sie Alle sind erschlagen. Wißt Ihr's noch,
Da schrien die Weiber, schrien die Greise auf,
Nacht sank auf meine Sinne jäh herab,
In einem Tag ergrauten meine Locken.
Ich hatte mehr geopfert, als Ihr Alle,
Doch damals schwur ich es an dem Altar:
Nie kehre wieder solch ein Wehetag!

Herwig.

Das Leid hat Euch gebrochen, edle Herrin,
Ich meine damals schriet Ihr selbst nach Rache,
Wie eine wunde Löwin um ihr Junges.

Königin Hilda.

Und Eines noch, wer weiß, ob Gudrun nicht
Längst Königin der Normandie, wie könnt' ich
Die Tochter dann bekriegen. Zürnt mir nicht,
Mein Eidam. Nicht mein Wort nehm' ich zurück,
Und meine Tochter hat ein festes Herz.
Doch Zeit und Noth, Verzweiflung, Zärtlichkeit
Des Feindes selbst, sie rühren zur Erhörung
Und Menschen sind wir Alle. Zürnt ihr nicht,
Wenn Gudrun schon ist Königin geworden.

Frute.

Eh' mag ein Geier meine Knochen nagen,
Bevor ich Worte wechsle mit dem Feind!

Morung.

Ein Fluch ist's stets, wo Weiberrath befiehlt,
Wahr ist das Wort: Der Krieg ist Männerarbeit!

Irold.

Und zu den Männern kehrt das Werk zurück,
Wir müssen handeln, ohne mehr zu fragen! —

Königin Hilda.

Recht, schmäht auf Eure Königin in Empörung!
Sind wir denn Christen noch? Kann alles Blut
Verlorner Jahre Elend wieder tilgen?
In Eurem Aug' blitzt wilde Mordlust nur,
Ihr reißt mein letztes Gut mir von der Brust.

Seht meinen Ortwin hier, des Königs Sohn
Und Euren künft'gen Herrn. Sprich Du, mein Kind,
Und schütze Deine Mutter vor Gewalt!

Ortwin.

Ich hörte sagen oft und singen, Mutter:
Daß besser sei, zu sterben für die Ehre,
Als feig zu leben und die Schmach zu tragen.

Königin Hilda.

Auch Du fällst von mir ab, mein Einziger!
Dort kommt mein alter Wate. Leihe mir
Der Weisheit Rath und banne diesen Streit.

Vierter Auftritt.

Die Vorigen. Wate von Stormland tritt mit Kriegern
auf.

Wate (zu seinen Begleitern).

Lugt auf die Schiffe, die in Sicht noch kommen,
Laßt sie sich sammeln heimlich in der Bucht,
Die Mannschaft aber laßt die Glieder rühren;
Sie sollen fröhlich sein bei Bier und Meth,
Bis man zum Aufbruch bläst. — Was giebt es hier?

Herwig.

Verzweiflung giebt's, Empörung und Verwirrung,
Der Königin leid geworden ist die Rache!

Morung.

Mit Höflichkeit soll man den Norman flehn,
Uns gnädiglich die Töchter doch zu geben.

3*

Frute.

Beim Himmel, warum nicht uns selbst verdingen
Als achtzigtausend Riesen diesen Zwergen.

Wate.

O seht mir doch, das thät den Helden weh!
Ihr möchtet gern einbrechen wie die Wölfe,
Eh' wir versammelt sind, heißblütig Volk.
Zwar könnt' ich sagen: Ihr thut Recht daran,
Vielleicht bekommt Ihr guten Braten droben,
Denn festlich geht es her in Cassian.
Soeben fing man einige Fischer dort,
's giebt Hochzeit drüben, sagten sie, sonst nichts,
Sie stellten wohl sich dumm, um uns zu täuschen.
Nichts war herauszubringen, nicht um Gold
Noch Drohungen; doch eine Hochzeit giebt's,
Da kommt Ihr grade recht als holde Gäste.

Herwig.

Ihr hört es Alle — eine Hochzeit giebt's —
Vielleicht Gudrun —

Wate.

Wer kann es wissen, Herzog.
Zwar eine Fremde sei's, so sagt der Fischer,
Doch Eure hohe Königin besiehlt,
Noch einzuhalten mit der Rache Strahl,
Und sie hat Recht, schaut unsre Flotte an,
Der Schiffe Masten sind vom Sturm gebogen,
Im Norden festgehalten vom Magnetberg;
Noch andre kommen müd, zerzaust und leck.

Zwar sagt' ich gern: der Ueberfall gelingt,
Und langes Warten läßt die Feinde rüsten;
Doch Eure weise Königin befiehlt
Und will um Frieden heischen, sie hat Recht,
Denn Frieden heischt die Welt. Das Leben ist
Nur Unruh, Fieber, Hetzjagd. Wollt Ihr rächen
Jedwedes Leid — wer rächt die ersten Thränen,
Die fliehende Jugend und des Alters Last —
Gott straft uns Alle, sein auch ist die Rache.

Königin Hilda.

Hab Dank, mein weiser Wate, seltsam sprichst Du,
Doch aus dem Herzen mir, wie stets daheim.

Frute.

So stehst Du auch zu ihr, mein weiser Wate?!

Morung.

Wahrlich, ein Weib macht viele alte Weiber!

Wate.

Schweigt, sag' ich, niemals litt ich Widerspruch;
Zwar könnt' ich sagen, Eure Herrin sah
Dies Alles schon in Jugendzeit, sie weiß,
Wie süß Entführung ist. Noch lebt's im Liede,
Wie ich und Horand sie mit List geraubt.
Im grünen Erin war es, und sie folgt' uns,
Sie küßte Hettel, sah den Vater bluten,
Der auch nachsetzte und die Schlacht verlor.
Nun muß sie selbst zur Sühne dies' erleben,
Daß um Gudrun geworben ward mit Blut.
Zwar könnt' ich sagen — Eure Herrin wünscht,

Daß Gudrun schon die Königin der Normannen.
Zwar, wär' es so, — längst hätte Gudrun Botschaft
Und Einladung gesandt in ihre Heimat.
Doch jene Boten sind vielleicht erschlagen,
Vielleicht auch ward's versagt ihr vom Gemal,
Was ist nicht Alles möglich, wenn man glaubt.
Zwar könnt' ich sagen, auch ihr Vater schonte
Der Feinde nicht. Wir rauften uns im Meer,
Die Lanzen flogen, bis die Nacht hereinbrach
Und Freund den Freund anfiel in Finsterniß.
Doch als der Tag heraufstieg, war der Feind
Entschlüpft, mit sechzig Mädchen feig entflohn,
Und knirschend sahen wir die Saat der Leichen;
Doch Eure weise Königin hat Recht.
Wer zielt auf einen Feind, der unsre Tochter
Als Schild sich vorhält. Zwar ich könnte sagen:
Der König Hartmut ist ein sanfter Mann,
Vielleicht giebt er sie gütlich uns heraus,
Vielleicht auch schafft er sie in's Landesinnre
Und läßt sie morden, schickt uns ihre Häupter.
Doch Eure Herrin sagt, man soll's versuchen,
Und Recht hat sie, denn Menschenblut ist kostbar.
Dies Heer ist unsres Volkes letzter Schatz.
Vielleicht spürt Jemand Lust dazu, als Herold
In Frieden unsre Töchter zu begehren.

Horand.

Such Dir ein andres Ziel für Deinen Hohn! (Ab.)

Morung.

Eh' ich der Schmach mich füge, will ich sterben! (Ab.)

Frute.

Macht, was Ihr wollt. Zu Abend fahr' ich heim. (Ab.)

Jrold.

Habt Andere zum Narr'n, gehabt Euch wohl! (Ab.)

Wate.

Kommt, Königin. Hitzköpfe sind es Alle,
Raufbolde, Drachentödter, Balmungschwinger,
Ein Jeder nur auf eignen Ruhm bedacht.
Ihr seid die Herrin. Wir gehorchen Euch
Und wir sind lustig. Größre Lust noch kommt:
Zins von den Huben nimmt ein Bauer ein.
Wer weiß, statt sechzig Mädchen, die sie raubten,
Bringt man vielleicht dreihundert uns entgegen,
Und ihre Kinder sind ein reicher Zins.
Ich bin auf alles Seltsame gefaßt,
Noch eh' die Nacht kommt, werden wir's erfahren.

(Führt die Königin ab.)

Fünfter Auftritt.

Es bleiben zurück Herwig und Ortwin.

Herwig.

Ortwin, nur auf ein Wort.

Ortwin.

Mein edler Herwig
Und Schwager einst, so Gott uns Hülfe leiht.

Herwig.

O nenne mich nicht so, ein Bettler bin ich,

Ein Klotz, ein Träumer, ein verruchter Narr.
Hast Du vernommen jenes Donnerwort:
Hochzeit wird heut gefeiert in Cassian,
Wer sonst als Gudrun soll gezwungen werden —
Und wir betäuben uns mit Redeschwall
Zu thatenloser Ohnmacht — Höll' und Tod,
Bin ich noch Herwig, ist noch Wate Wate?
Von Zeit und Leid wird jedes Herz gefälscht,
Doch meine Seele ist gestählt zum Wagniß.

Ortwin.

Versteh' ich Dich, Du willst? —

Herwig.

    Die tiefe Angst
Des Ungewissen zuckt um mich wie Schlangen.
Wenn Alle untreu säumen, will ich handeln.
Nicht weiß ich, was geschehen muß noch kann,
Doch etwas Namenloses, Ungeheures
Schwellt meine Muskeln. Ist's nicht tiefste Schmach,
Daß achtzig Tausend für mich aufgeboten,
Um dennoch nur unthätig zuzuschaun,
Indeß es meine Gudrun gilt. — O nein,
Entschlossenheit sei meines Schiffes Kiel,
Der über alle Wogen stürmt des Schicksals!
Entschlossen macht das Unglück uns allein,
Die tiefsten Quellen Deines Wesens sind
Dir aufgeschlossen, eine Sichel giebt sie,
Womit wir Ernten mäh'n, die Leid gereift.
Ich will sie schwingen!

Ortwin.

Armer Freund, ich fürchte,
Gudrun ist längst die Königin der Normannen.

Herwig.

Du warst ein Kind noch, als sie einst geraubt,
Du hast sie nicht gekannt, Ortwin, wie ich.
Wie ein Madonnenbild, ein himmlisches,
Durchschritt sie meine Träume, weihte selbst
Mein Herz zur Kirche, drin Gedanken beten.
Und nun — wie sturmverwehter Hülfeschrei,
Wie fernes Wimmern ruft's mich aus dem Meer —
Welch ein Elender wär ich, welch ein Schuft,
Wenn ich ihr nicht zu Hülfe käm'! Leb wohl!

Ortwin.

Ich steh zu Dir, wozu es sei. Du warst
Ein Mönch, der mehr im Schweigen sprach, als Andre
In wohlgesetzten Worten — sag', was thun?

Herwig.

Dort hinter jenem Felsen liegt ein Fahrzeug,
Vielleicht von jenen Fischern, die gefangen.
Dies Schiff hat mir ein guter Geist geschickt,
Ich fahre nach Cassian — ich ganz allein!

Ortwin.

Was willst Du dort?

Herwig.

Ich weiß nicht. Lebt sie noch,
Ihm von der Seite reißen will ich sie,
Den König Hartmut selbst zum Holmgang fordern.
Schon oft ward Völkerehre ausgefochten

Im heiligen Zweikampf. Weigert er es mir,
So tödt ich selber sie in seinen Armen,
Und lebt sie nicht mehr, will ich selber sterben!

Ortwin.
Ich fahre mit, ich theile die Gefahr!

Herwig.
Zwei kühne Herzen und die alte Liebe
Sind stärker, als ein Heer von achtzig Tausend.
Vereitelt schien der große Kriegszug schon,
Wir aber retten Gudrun und die Ehre!
Dort liegt das Schiff!

Sechster Auftritt.

Die Vorigen. Wate (der unbemerkt hinzugetreten ist).

Wate.
He! Haltet noch ein wenig.
Kein Wort, Verwegene, ich hörte Alles.
Beim Donner Thors — ein kühnes Adlerpaar,
Ein Muttersöhnchen und ein Liebeskranker,
Wenn's nicht Verschwörer wären und Rebellen
Gen Pflicht und Kriegszucht.

Herwig.
Schweige, alter Wate,
Der König Seelands weiß, was seine Pflicht,
Und König Hettels kühner Sohn nicht minder,
Geh Männern aus dem Wege, alter Mann!

Wate.

So redet man mit einem Greise nicht,
Der neunzig Winter sah. Nach Cassian also!
Ihr tretet in die Burg als fremde Riesen
Und donnert: Wo ist Gudrun? Ganz erschrocken
Führt man sie zu Euch. König Hartmut selbst
Hat Eiligers nichts zu thun, als seine Reiche
Zu Lehn zu nehmen von den Göttersöhnen.
O geht mir, geht — ein schönres Schauspiel noch
Gebt Ihr Cassian, wenn Ihr am Galgen hängt,
Und Gudrun wird dem Pöbel preisgegeben.

Ortwin.

Das müßt' Euch doppelt spornen, es zu hindern.

Herwig.

Was wissen graue Haare von der Liebe —

Wate.

O freilich — Liebesbrunst macht klug allein,
Wie Auerhähne, die des Jägers Balzen
Für Liebchens Stimme nehmen und wie Hirsche
Mit dem Geweihe sich zu Boden ringen,
Indeß die Hirschkuh ganz geduldig wartet,
Gleichgültig, welchem Sieger sie zu Preis.
Im Märlein freilich hat manch Schneiderlein
Ein Königreich erobert mit der Elle,
Hier aber wär es Tollkühnheit und Wahnsinn,
Verrath zugleich!

Ortwin.
Du schiltst uns herb fürwahr!

Herwig.

Weißt Du uns bessern Rath, gestrenger Wate?

Wate (mit verändertem Tone).

Vielleicht, mein Herwig, weiß ich Rath. Mein Mittel
Heißt Oel in's Feuer, Salz in Eure Wunden,
Gift für die Krankheit, die uns Alle lähmt.
Vorwärts, besteigt das Schiff!

Herwig.

Jetzt bist Du Wate;
Du spielst mit Menschen ein gefährlich Spiel.

Ortwin.

Was führest Du im Schilde, weiser Wate?

Wate.

Denselben Plan, doch anders, als Ihr wollt.
Fragt mich nichts mehr, doch hört genau mich an:
Mit diesem Schiffe fahrt zum Land hinüber;
Dort, wo die Bucht sich zu dem Meere senkt,
Sucht eine Stelle in den Klippen auf,
Wo eine Flotte ankern kann. Erspäht
Den Zugang zu der Burg. Erkundigt Euch,
Ob Gudrun und die Mädchen unverstorben.
Versteint die Miene, hört Ihr grause Kunde,
Beherrscht die Zunge, schlagt den Blick zu Boden,
Der Seele Abgrund deckt mit Blumen zu.
Vermauert auch der Thränen Quell mit Eis,
Weint, wenn Ihr lachen müßt ob fremder Thorheit,
Spielt Eure Rollen gut und kehrt zurück.

Herwig.

Der alte Fuchs noch wie vor vierzig Jahren!
Weshalb vorher Dein Toben und Dein Zorn?

Wate.

Ein Donnerschlag, ein Erdstoß oder nichts:
Das wär mein Kriegsbrauch, um mit Einem Schlag
Den Feind zu fällen; jene Feuerhähne,
Sie hätten in zerspaltener Parteiung
Gleich angegriffen mit erlahmten Kräften.
Deshalb befahl ich Rast, gab Hilden Recht,
Denn Zeit gewinnen ist die Kunst des Siegs.
Von außen wird man rauher mit der Zeit,
Die Haut wird härter und die Sinne stumpfer,
Doch innen wird man weicher, denn die Tropfen
Des Lebensgifts, sie höhlen Felsen aus.
Drum, weil wir so zerfließen und vergehn,
Schützt uns die harte Schale desto besser.
Jetzt fort mit Euch, und denkt, Ihr fahrt zum Tode!

Herwig.

Zum Tode nicht, zum Leben, weiser Wate.
Oft wochenlang ist Deine Lippe stumm,
Ein Blitz des Aug's und eine Handbewegung
Deutet den Willen, doch erschließt Du Dich,
Dann überschwemmt Dein Wort wie Nilesflut,
Fruchtbaren Schlamm auf dürrer Wüste lassend.

Ortwin.

Er paßt zur Bibel, wie ein Patriarch,
Doch mehr noch gleicht er der Walhalla Helden:
Heut' könnt' er Kinder schaukeln auf den Knien,

Und morgen Henker sein mit eigner Faust.
Er weiß, was Frauen ziemt und Ritterbrauch,
Ein lebend Buch jedweder Kriegskunst ist er.
Du nanntest Muttersöhnchen mich im Spott,
Heut, sollst Du sehn, mach' ich mein Meisterstück.

(Beide fahren auf dem Kahn ab.)

Siebenter Auftritt.

Wate allein; nachher Frute, Morung, Horand, Irold.

Wate.

Fahrt hin! Zwei Pfänder zu den sechzig Mädchen,
Zwei Pfänder mehr? Vielleicht zwei Todesopfer.
Sind sie verfallen, dann, Frau Königin,
Giebts eine Lösung nur, mit Blut zu zahlen,
Sie zu befreien oder sie zu rächen!
Sie ahnt es nicht, daß ich den einzigen Sohn
Fortstieß in die Gefahr. Sie wird mir zürnen,
Das Leid hat sie zum Eigensinn verstockt,
Wie Ranken, die den Winter überstehn,
Zum Holze werden. So erfinderisch
In eigner Qual ist nichts als Frauenkummer,
Mitschuldig wird die Welt an ihrer Pein,
Und Fremde sucht man, deren Schultern man
Aufladen kann bequem die eigne Last —
Das ist das Bitterste der Himmelsprüfung,
Daß Leid Verdacht in reine Seelen sät,
Und sie zum Kleinmut schwächt, von jähem Hoffen

Zu düsterster Verzweiflung ewig schwankend
Gleichwie ein Schiff, das ohne Mast und Steuer
In schwarzer Nacht durch öde Wogen rollt.
Schon dicht am Ziel festrennt es auf die Klippen,
Und unerreichbar wird der nahe Strand. —
Drum, hoher Himmel, segne unser Werk!

Im Hintergrund sind Frute, Horand und Morung aufgetreten.

Frute (leise zu den Andern).

Er schlich aus seinem Zelte heimlich fort.

Morung (ebenso).

Besetzt die Küsten, keine Ratte kann
Entrinnen.

Horand.

Irr ich nicht, da ist er selbst.

Wate (sich wendend).

Was habt Ihr mir zu melden, Schwertgenossen?

Morung.

Beschlossen ist es, Dich des Feldherrnamts
Heut zu entsetzen!

Horand.

Denn es glaubt das Heer,
Du wollst an Hildens Seite König spielen.

Frute.

Verräter nennt man Dich. Herwig und Ortwin
Sind unterdrückt, des Feldzugs glorreich Ziel
Entwunden unsrem Schwert. Jedweder mag
Nun selber sehn, was er zu Wege bringt.

Wate.

Auch Ihr Verschwörer, alte Waffenfreunde?

Es thäte Noth, ich nähm in alten Tagen
Fechtmeister an, wie damals in Erin —
Das wird ja immer tröstlicher. Nur näher,
Nehmt mich gefangen, hier sind meine Hände.
Schlagt sie in Ketten, nimmer ahnt ich es,
Daß diese Ehre meinen weißen Haaren
Noch aufbehalten. Gebt das schöne Schauspiel
Von deutscher Treu und Einigkeit von Neuem.
Macht, was Ihr wollt. Doch schont die Königin,
Der Erste, der sich ihrem Zelte naht,
Er färbt mit seinem Blut die fremde Insel.
Ich Euer König, — 's muß hier Tollkraut wachsen,
Oder die lange Seefahrt zeugt noch Schwindel.
Wißt, Euer König ist der Mißverstand,
Die Eigenmacht, der Uebermut, der Wahn.
Ich unterdrücke Herwig und Ortwin,
So sagt Ihr — trefflich — Seht Ihr jenes Schiff? —

Morung.

Es fliegt mit Windeseile wie ein Schwan.

Horand.

Sie scheinen Helden unsres Heers zu sein,
Nach ihres Helmes Form.

Frute.

Sie fahren strandwärts.

Jetzt schon verschwunden sind sie in dem Nebel.

Wate.

Das sind zwei Helden, die Euch Muster sind.
Indeß Ihr Ränke spannt und Worte drechselt
Voll Selbstbetäubung, haben sie gehandelt.

Wißt, die dort fahren, sind Ortwin und Herwig,
Die beiden Löwen wagen es allein
Die Völker der Normannen anzufallen.

Morung.

Sie ganz allein? Wer faßte solchen Plan?

Jrold.

Gefährlich wahrlich dünkt mich solches Wagniß!

Wate.

Schon wieder zweifelvoll — ich sage Euch,
Noch besseres habt Ihr diesen Tag zu thun,
Denn große Dinge noch geschehn vor Nacht.
Theilt alle Waffen an die Mannschaft aus,
Laßt Späher steigen auf die höchsten Bäume,
Lauscht auf den Anruf der Anlandenden.
Du aber, Horand, Deine Harfe nimm
Und sing das Lied, wir Alle lauschen Dir,
Das alte Lied der Schlacht am Wulpensand.
Wie wir den Pilgrimen die Schiffe nahmen,
Wie wir den Räubern folgten auf die See,
Und sie erwischten auf der Rast am Sand,
Wie Lanzenschäfte gleich Schneeflocken flogen,
Wie Abendrot aus Helmen ward gehau'n,
Und vor dem Damm der Leichen wich das Meer,
Zum Schluß, wie König Hettel ward erschlagen.
Ein großes Todtenopfer schulden wir,
Ein Requiem, von dessen Riesenfackeln
Dies Land soll leuchten bis zur letzten Burg:
Sing! sing mit Donnerton den Tausenden,
Daß jähe Wuth die Müdigkeit verzehrt,

Und daß sie jauchzen, in den Tod zu gehn.
Seid Ihr Verschwörer, bin ich mit Verschwörer,
Ich schüre Krieg, nur anders als Ihr denkt!

Horand.

Verzeih uns, Wate, daß wir dich verkannt.

Frute.

Es sei, bis Abend halt ich meine Völker.

Morung.

Doch einen Hinterhalt hat Deine List?

Irold.

Und ein Geheimniß scheinst Du uns zu bergen.

Wate.

Nicht eines — zehn. Drum wartet ab die Zeit,
Geduld, Gehorsam und Entschlossenheit,
Mit diesem Bund erobern wir die Welt,
Schwört mir Gehorsam, ich befehl's!

Die Andern.

Wir schwören!

Der Vorhang fällt.

Dritter Aufzug.

Meeresstrand mit terrassenartigen Klippen. Im Hintergrund rechts Burg Cassian, links hohe See.

Erster Auftritt.

Gudrun und Hildburg kommen mit Körben auf dem Haupte die Klippen herab.

Hildburg.

Laß mich die Bürde tragen, theure Gudrun,
Du kannst nicht weiter.

Gudrun.

      Gott sei Dank, noch gehts;
Der Korb ist nicht das schlimmste, gute Hildburg,
Weit schwerer ist, was meine Seele trägt.

Hildburg.

's ist Schmach und Schande ewig vor der Welt,
Ein Königskind barfuß, in schlechtem Kleid
In Frost und Schneesturm so hinauszustoßen,
Wo man den Hund nicht vor die Thüre jagt.

4*

O sieh herab, du himmlisches Erbarmen,
Und räche solche mitleidlose Bosheit!

Gudrun.

Sei ruhig, Hildburg. Wie viel tausend Frau'n
Ergeben sich darein und müssen doch
Ein herberes Dasein fristen lebenslang.
Sind wir denn besser als die armen Leute?
O nein, ich dank' es noch der Königin,
Daß sie die Pforten unsres Kerkers aufthat;
Da ist das Meer; mein herrlich wildes Meer,
Sei mir gegrüßt! Dieselben Wogen sind's,
In denen wir gefischt einst und geschwommen,
Dieselbe Brandung rauscht um Matelan
Und seine Linden — auf dieselben Wellen
Blickt meine Mutter sehnsuchtsvoll hinaus.
O, mir ist wohl, wie schon seit Jahren nicht,
Und wie die Schollen, die im Meere schmelzen,
So thaut das Eis der Sorge mir vom Herzen.

Hildburg.

Im Sturm und Schnee — auf hartem scharfen Grieß,
Entsetzlich — komm in diese Höhlung, Gudrun,
Hier sind wir sichrer — weh' uns armen Frau'n,
Das tobt und pfeift und heult, wie nie zuvor,
Als wollt' der Sturm verschlingen Land und See —

Gudrun.

Nein, laß mich hier im Freien stehn. Mir tönt
Des Meeres Rauschen wie Gesang von Stimmen,
Wie Heimatlieder und wie Mutterklage,
Und bald wie Zorn und Trauer aus der Gruft.

Seit jenem Tage, wo die Unsren fielen,
Fortkämpfen noch die Todten als Gespenster
Geschwaderweis in Wolken über'm Meer,
Und peitschen dieses Land in Wuth und Schaum
Ob ihrer Töchter Elend, die hier dulden,
Die ich in's Elend brachte — ich allein.
Doch jetzt komm' an die Arbeit, gute Hildburg,
Hier sind die Körbe, hier ist klares Wasser.

(Sie beginnt am Meer zu waschen.)

's ist Ebbezeit — bald kommt die Flut zurück
Und nimmt die Muscheln wieder mit in's Meer,
Die armen schmachten nur sechs Stunden lang,
Und wir zehn Jahre — eine lange Ebbe!
Kommt je die Flut zurück, so fürchte ich,
Als Leichen nur fortspült sie uns in's Meer.

Hildburg.

Ich weiß nicht, Gudrun, täuscht das Auge mich,
Es schwimmt dort etwas — einem Fahrzeug gleicht's,
Zwei Männer drinn.

Gudrun.
Der Fischer mit dem Knaben.

Hildburg.

Nein, keine Fischer sind's — sie tragen Waffen,
Wie Schwanenflügel ragt es von den Helmen,
Sie kommen näher, da — sie landen — ach!
Sie lenken ihren Weg hierher —

Gudrun.
O Hildburg!

Hildburg.

Komm dort hinauf, ich bleibe bei Dir, Gudrun,
Eh sie uns sehn, verbirgt uns jener Busch.

(Sie flüchten die Klippen hinauf.)

Zweiter Auftritt.

Man sieht einen Kahn landen, aus welchem Herwig und Ortwin
steigen. Die Vorigen.

Herwig.

Mir war es doch, als säh ich Weiber hier,
Sie sind entflohn, doch nein, da stehen Körbe
Gefüllt mit Linnen, und dort sind sie selbst.

Ortwin.

Ihr guten Frau'n, was fürchtet Ihr von uns?
Wollt Ihr entfliehn und Eure Habe nutzlos
Verlieren? Kommt herab, wir sind hier fremd.

Herwig.

Sie bergen sich noch tiefer im Geklüft,
Als hätte sie der Schrecken jäh versteinert
Zu moosigen Klippen, die wie Menschen aussehn.
Doch nein, sie regen sich, sie flüstern leise.
Seid ohne Mißtraun, minnigliche Frau'n,
Es soll Euch nichts geschehn, bei Frauenehre!

Gudrun (steigt herab).

Ihr habt bei Frauenehre uns gefleht.
Wenn ich Euch bitten ließe, müßt ich weinen,
Denn mild ist Euer Wort. Komm, gute Hildburg.

(Beide sind jetzt herabgekommen.)

Ortwin.

Armselig sind sie in zerzaustem Haar,
Und dennoch glänzt die Schönheit durch das Elend.
Wie edel ist ihr Gang und stolz ihr Wuchs!

Herwig.

Zuerst nun guten Morgen, edle Frau'n.

Hildburg.

Ach, guten Morgen, guter Abend kommt
Uns selten, edler Herr.

Ortwin.

Nun laßt uns hören.

Wem sind zu eigen diese reichen Linnen?
Man wär versucht zu glauben, solche Maid,
So wohlgethan, müßt eine Krone zieren,
Und daß Ihr selber über Länder herrscht.
Hat Euer Herr mehr solcher Wäscherinnen?

Hildburg.

Er hat noch viele schönere und reichre,
Doch fragt uns rasch. Es möcht' uns schlimm ergehn,
Säh' unsre Herrin uns der Muße pflegen.

Herwig.

Habt keine Sorge drum, Ihr Minniglichen,
Nehmt diese Spangen, schmücket Euch damit.

Gudrun.

Wir nehmen nichts zum Lohn; wir müssen fort.
Drum sagt, was Ihr begehrt. Säh' uns hier Jemand
Mit Männern sprechen, ich verging in Scham.

Herwig.

So sagt uns, wem gehört dies reiche Land

Mit seinen hellen Burgen, festen Thürmen?
Hielt Euer Herr auf Ehre und auf Zucht,
Wohl ziemt' es ihm, Euch besser zu behandeln.

Hildburg.

Der Fürsten einer heißet Hartmut, Herr,
Doch ist er milder als sein rauher Name.

Ortwin.

Dann sind wir schon auf rechtem Wege, Jungfrau,
Grad diesen Hartmut möcht ich sehn. Wir sind
Selbst eines großen Königs Ingesinde.

Gudrun (scherzend).

Er wird wohl droben in der Beste sein
Mit seinen Tausenden.

Herwig (aufmerksam).
Mit Tausenden,
Und jetzt im Frieden, oder wißt Ihr, Jungfrau,
Weshalb der Fürst mit solcher Macht sich rüstet?

Gudrun.

Wir wissen nicht, was sie im Schilde führen.

Hildburg (heimlich).

Es giebt ein Land, das heißt der Hegelingen,
Das fürchten sie aus gutem Grund schon längst.

Gudrun (rasch einfallend).
Was plauderst Du doch, Hildburg, komm hinweg.

Herwig.

Ihr zittert ja vor Kälte, edle Jungfrau.
Dünkts Euch genehm, habt Mitleid mit Euch selbst,
Nehmt meinen Mantel auf die schönen Schultern.

Gudrun.

Gott segne Euch, doch niemals soll ein Aug
An meinem Leibe Männerkleider schau'n.

Herwig (bei Seite).

Ich weiß nicht, welche Ahnung mich beschleicht —
Wie gleicht sie jener Einzigen auf Erden!

Ortwin.

Sagt weiter — sind Euch Mädchen nicht bekannt,
Ein fremdes Ingesinde, das vor Jahren,
Aus fernem Land hierher gefangen kam?
Besinnt Euch doch, denn Eine war darunter,
Gudrun mit Namen, eine Königstochter —

Gudrun.

Herr — diese Jungfrau'n sind uns wohl bekannt,
Die bleich und kummervoll aus fernem Lande
Hierher gebracht. Gudrun auch, die Ihr sucht,
In großer Drangsal sah ich oft die Aermste.

Herwig (zu Ortwin).

Sollt Eure Schwester noch am Leben sein,
Ich möchte schwören, sie wärs selbst, nie glich
Ein Bild dem andern so wie sie Gudrun.

Ortwin.

So hold sie ist, doch Gudrun gleicht sie nicht,
Oft denk ich ihrer seit der frühsten Jugend,
Wie einer lichten Fee, so herrlich steht sie
Vor meinem Sinn.

Herwig.

Ja, Ortwin, Du hast Recht.

Gudrun.

Wie? Ortwin heißt er — hab ich recht gehört?
Wenn er es wäre — Herr, wie Ihr auch heißt,
Ihr seid untadlig, und Ihr gleichet Einem
Vom Land der Hegelingen wunderbar.
Ach, wenn er lebte, wär' er längst gekommen,
Denn wißt, von den Gefangnen sind auch wir.

Herwig.

Ihr kennt Gudrun?

Gudrun.

Ich kannte sie. Der Aermsten
Brach längst das Herz in übergroßem Leid.

Ortwin.

Gudrun, Du Theure, in das Grab gesunken —
Ach ärmste Mutter, Deine liebsten Träume
Verwehn zu Staub und Alles, was wir wollten —

Herwig.

Gudrun gestorben, haltet fest, ihr Nerven.
Ihr schlugt uns eine tiefre Herzenswunde,
Als je ein Schwert des Feindes — Gudrun todt!
Wo ist ihr Grab? — Ach, daß ich Thränen nur
Ihr statt der Freiheit bringen kann, der Theuren!
Du Heilige, ist das Dein Dulderlohn?
Ein schnöder Tod auf fremder Feindeserde,
Sonst fliegen Schwalben in ihr Heimatland,
Wenn's Winter wird — doch Du zerbrachst den Flügel
Im fremden Nest — sonst sterben Königstöchter,
Gepflegt von treuen Armen und beweint,
Doch Du auf Stroh vielleicht und hinterm Zaun.

Sonst füllte Balsam ihre theuren Leichen,
Dir woben nicht das Leichentuch die Deinen.
O brich, mein Herz! Doch sagt, wo ist ihr Grab?
Den Leib ausgraben will ich mit dem Schwert,
Oder ich selber will mich zu ihr betten
Und hier zu Grunde gehen, wie sie selbst.

Gudrun.

Euch rührt die Trauerkunde so gewaltig,
Als wäre Gudrun Euch verwandt, Ihr Helden?

Herwig.

Verwandt — mir zugeschworen war sie einst
Mit hohen Eiden, dieses Haupt, dies Herz
Ist mir nicht eigner, als sie selber war.
Fromm trug ich stets ihr Bildniß in Gedanken
Und kniete vor ihm betend, doch nun grinst
Die Todeslarve leblos mir entgegen.
O dieser Tod — er ist ein größ'rer Held,
Als Herwig und als Hartmut je gewesen,
Er als der Dritte riß die Beute an sich,
Indeß wir blöde Sterbliche drum stritten.

Gudrun.

Ihr täuscht uns, Herr, oft ward die Kunde laut,
Daß Herwig längst gestorben — Lebte er,
Längst hätte er geendet unsre Schmach.

Herwig.

So prüfet diesen Ring, denn er ist Herwigs.
Wie Licht erfüllt ihn seine Liebe und
Durchglänzt sein ganzes Wesen, das verfallne,
Und wärst Du Gudrun, bist Du seine Braut!

Gudrun.

Der Ring, Ihr Himmlischen! Das Gold erkenn ich,
So prüft auch Ihr das Pfand, mein theurer Herwig,
Das Pfand, das mein Geliebter einst mir schenkte.

Herwig.

Theilt endlich diese Wolkennacht ein Blitz,
Und Himmelsblau scheint durch die Rabenschwärze —
Doch hoch im Glanze lächelt ein Gesicht
Mir lieblich aus Vergangenheit herab.
O bleibe, süßes Trugbild, sag mir leise,
Daß Du nicht Täuschung, daß Du Wahrheit bist.
In meine Arme komm, Du jammerreiche,
Du schwer geprüfte Dulderin —

Gudrun (in seinen Armen).

Mein Herwig,
Mein Herr und mein Gebieter! Siehst Du, Hildburg,
So wird mein dunkler Traum zur lichten Wahrheit.

Herwig.

Doch sag, Du Unbegreifliche, Holdsel'ge,
Weshalb so grauses Scherzen mit dem Tode?

Gudrun.

Kein Scherz, mein Herwig, Gudrun, sie ist todt —
Die einst ein Königskind, ist nur ein Schatten,
Ein dürres Nichts und zweifelt, ob ihr Herwig
An dieser Asche seine Freude findet.

Herwig.

Nein, süße Gudrun, Du bist schöner heut,
Als je zuvor, unnahbar scheinst Du mir,
Wie eine Heilige in des Holzstoß Flammen

Schon überirdisch ward; mit diesem Kuß
Zu diesem Leben ruf' ich Dich zurück — (er küßt sie).

Gudrun.

Nun, theurer Ortwin, warum staunst Du so?
Du bist mein Bruder; als Du klein noch warst,
Auf diesen Armen hab ich Dich getragen.
Wie schön bist Du geworden, doch so ernst? —

Ortwin.

Seltsam und märchengleich ist diese Stunde,
Auch ich erkenn Dich, Gudrun, an dem Lächeln.
Doch ist nicht alles klar. Sind schöne Frau'n
Zu nichts mehr werth, als Kleider hier zu waschen?
Wie kommt's, daß man so zuchtlos Euch mißbraucht,
Und wo sind Eure Dienerinnen, Gudrun?

Hildburg.

Herr, laßt dies Wort Euch leid thun. Seht, sie weint!
Wo nähmen wir wohl Dienerinnen her —
Weil sie die Werbung ausschlug, sind wir beide
Zur Schmach verurtheilt und zu saurer Arbeit.

Ortwin.

Bei Sanct Georg, das konnt ein König nicht!

Herwig.

Laßt uns nicht grübeln, laßt uns eilen! Kommt!
Auch Deine Mutter wartet, theure Gudrun.

Gudrun.

O Mutter, süßer Name, gleich als höben
Mich theure Arme wieder auf. Ich zittre
Dem Augenblick des Wiederseh'ns entgegen.

Noch einmal sie zu sehn, war mein Gebet,
Und doch, ich kann es nicht —

Herwig.

Du weigerst Dich?

Gudrun.

Verkenne mich nicht, Herwig. Jahrelang
Ersehnt ich diesen Tag, und nun er kommt,
Vermag ich's nicht — Ich bin ja nicht allein,
Für alle die Gefährtinnen des Leids,
Für meine Schwestern muß ich Sorge tragen.
Zehn Jahre haben treu sie ausgeharrt,
Theilhaftig meines Elends, meiner Qualen.
Ihr Loos ist meins, mit ihnen nur die Freiheit.

Herwig.

Thun wir, was möglich ist. Ein Wahnsinn wär's,
Noch einmal der Gefahr Dich preiszugeben.

Ortwin.

Gudrun hat Recht, und hätt ich hundert Schwestern,
Ich ließ sie sterben, ließ mich selbst zerhau'n,
Als diebisch sie zu rauben. Nicht deshalb
Sind achtzigtausend Männer uns gefolgt,
Um sang- und klanglos, ohne Sühn und Sieg,
Zurückzukehren in gewölbten Schiffen.

Herwig.

Recht — wohlgesprochen, junger Held, doch wer
Verhindert's, daß man sie nicht weit hinwegführt,
Ins innre Land auf Nimmerwiedersehn?

Gudrun.

Dafür laß sorgen Deine Gudrun selbst —

Doch Deine Rede, Ortwin, macht mir Kummer.
Mein ist die Rache, spricht der starke Gott,
Nicht tödten sollt Ihr. Menschen sind's, wie Ihr,
Vielleicht voll Reue, durstig nach Versöhnung.
So mögt Ihr uns befrein, daß wir mit Ehren,
Geschmückt mit Kränzen, aus dem Thore ziehn.

Herwig.

Gut denn, bis morgen, edle Königstochter,
Wir sind Dir schuldig eine Mannesthat.
So mühelos den höchsten Preis zu pflücken,
Wir haben's nicht verdient. Noch stehst Du selbst
Am Pfahl der Schande hülflos angeschmiedet.
Nur Eisen kann die Kette Dir zerhau'n.
Leb wohl, eh morgen neu die Sonne steigt,
Die dort versinkt, wird's hier am Strande wimmeln.
Brautführer bring ich mit an achtzigtausend.
Jetzt lebe wohl, Gudrun, und heilig Schweigen
Versiegle Euren Mund! Vorwärts, Ortwin!

(Beide fahren im Schiff ab.)

Dritter Auftritt.

Gudrun und Hildburg (allein).

Hildburg.

Dort fahren sie, ach härtres Scheiden ist's,
Als Freunde je erfahren. Ist's denn Wahrheit,
Was wir erlebt, ist's Trug? — O meine Gudrun,
Ich weiß nicht, sind wir glücklich oder elend?

Gudrun.

Faß' Dich doch, Hildburg — einen Tag nur gilt's
Die Märtyrkrone tragen, eine Nacht nur,
Und der Erlösung Sonnenglanz bricht an.
Zwei Könige haben heute mich geküßt,
Und wieder ebenbürtig bin ich Freien.
Gieb her die Kleider und die Linnen alle,
Sie mag erfahren, unsre Quäl'rin, daß
Ich gleich mich dünke allen Königinnen.
Fort in das Meer, in's Wasser mit dem Plunder!

(Sie wirft die Wäsche in das Meer.)

Hildburg.

Was thust Du, Unbesonnene? Verloren
Jetzt sind wir ganz, und Du verdirbst uns Alle.

Gudrun.

Nun bin ich wieder Königin, wie einst.
So senk ich all' mein Leid in's tiefe Meer,
Wie diese Linnen, Zeugen unsrer Schmach,
Und käme eine See voll Trübsal nun,
Jetzt bin ich mutig, Alles zu ertragen.
Die Nacht sinkt ein, mir bleibt es klarer Tag
Wir wollen alte Märchen uns erzählen
Von Helgo und Sigrun, von Fritiofs Heimkehr,
Von Brunhilds Liebe und von Chriemhilds Rache.
Und hohe Sterne leuchten über uns,
Die Wellen brausen laut, — hörst Du die Fluth,
Sie rauscht heran — die Ebbezeit des Leids,
Sie ist vorbei, die vollen Wogen steigen,
Und wieder fahren wir im hohen Meer.

Vierter Auftritt.

Die Vorigen. Von der Burg her nahen Königin Gerlind,
Hergard. Gefolge.

Hergard.

Hier überzeugt Euch selber, Königin,
Ob meine Augen recht gesehn vom Schloß,
Mit Fischerknechten buhlt die Listige,
Die sich zu vornehm vor uns allen dünkt.

Hildburg.

Die Königin selbst — jetzt Himmel steh uns bei!

Gerlind.

Nun, meine Goldprinzessinnen, wo bleibt ihr?
Wer gab Erlaubniß, bis zum Abendgraun
So spät hier auf dem Strande zu verweilen?

Hildburg.

Wir sind unschuldig, Königin, wir thun,
Was möglich ist. O hättet Ihr Erbarmen —
Uns friert und hungert jämmerlich im Sturm.

Gerlind.

Doch scheint's, man fand Entschädigung bereits.
Laßt hören, einen Königssohn verschmäht man;
Doch mit den Knechten kosen dünkt Euch Ehre.

Gudrun.

Wer klagt uns an! Beim Himmel, Niemand lebt,
Dem ich ein freundlich Wort zu gönnen hätte
Außer den Meinigen — auch Euch nicht, Herrin!

Gerlind.

Gallsüchtige, willst Du uns Lügen strafen,
Soll man noch Zorn erdulden von der Frechen.

Gudrun.

O endet, Königin, wenn je Ihr ahntet,
Wie solche Drohung Eure Würde schändet,
Und Eure Hoheit niederzieht zum Staub.

Gerlind.

Nicht Drohung, sondern Ernst ist's, feil Geschöpf!
Bist Du die Heilige, die bluten will?
He, Ruthen her, ich will's Euch fühlen lassen!

Gudrun.

Wir sehn die Welt so, wie wir selber sind.
Drum wird sie Euch gefälscht von Eurem Aug',
Blutunterlaufen sieht es Mädchentugend
Als Makel an und brennend heißen Vorwurf.
Ihr meßt die Größe Eurer Majestät
Nur nach des Zornmuths Größe ab. Ihr könnt
Die Reinen nicht, noch Glücklichen ertragen.
Einst wart Ihr schön, wie jemals Brunhild war;
Doch nun hat Euch die Niedrigkeit entstellt,
Dem Waldweib gleicht Ihr, das im wüsten Wald
Sich Schlangen kocht und Zauberrunen schneidet,
Und in der Glut mit rostigem Eisen stochert.
So seid Ihr heut. Ihr thut mir leid, doch wißt:
Ich warn' Euch, Königin der Normandie,
Es könnt' Euch theuer noch zu stehen kommen,
Wagt Ihr ein Königskind so zu mißhandeln.
Hinweg von mir!

Gerlind.

Wir werden uns noch finden,
Und noch erleb' ich's, Prahlerin, Dich zu ziehn.
Sag', wo sind meine Linnen, meine Kleider?
Du faule Müßiggängerin, gieb Antwort.

Gudrun.

Was liegt an Euren Linnen, Eurem Kram!
Mir war zu schwer und zu gemein die Last,
Geht an's Gestad hinab, dort ließ ich sie.
Ihr werdet sie vielleicht im Sande finden,
Vielleicht auch in der See, was liegt daran.

Gerlind.

Das wagst Du? Hohn und Spott mir? Diese Dirne!
Starr macht mich diese Frechheit — haltet mich,
Doch nein, her mit der Ruthe, mit der Peitsche,
Das Fleisch ihr vom Gebeine will ich schlagen,
Noch eh' ich schlafen gehe — bindet sie,
Die Elende — hier auf der Stelle will ich's!

Gudrun.

Hier steh ich, Herrin, thut denn, was Ihr müßt.
Es ist das Aergste nicht, was ich erduldet,
Und stolze Ehre wird mein Leid mir sein.

Gerlind.

Du Heuchlerin, schilfhaariger Wechselbalg,
Fischblütiger Bankert eines Wassermanns,
Der Deines Vaters ehrlich Bett geschändet,
Kein Tropfen echten Blutes ist in Dir.
Herab mit Deinem Hemd — denkst Du, das Aergste

Haſt Du noch nicht erfahren, wiſſe denn:
Noch Aergres giebt's für Deine Bettlerehre,
Nicht tödten werd' ich Dich, das hoffe nicht,
Doch meinem letzten Knecht geb ich Dich preis.
Dem Zwerg vermählen will ich Dich, dem Krüppel,
Der an der Pforte hockt mit triefigem Aug',
Ein Mann der Bibel iſt es, wie Du ſelbſt,
Noch dieſe Nacht ſoll Deine Hochzeit ſein,
Und alle Bettler ſollen darauf tanzen;
Jetzt bindet ſie, erſt geißeln will ich ſie!

Gudrun.

Noch haltet ein — eins ſag ich Euch, Gerlind:
Wer jemals mit der Ruthe mich berührt,
Dem wird es übel einſt ergehn, ſobald
Ich dieſes Landes Königskrone trage!

Gerlind.

Die Krone dieſes Reichs?

Hildburg.

Gudrun, was ſprichſt Du?

Gudrun.

Ich rath' es Euch. Denn wißt, in kurzer Friſt
Wird mich beſitzen, dem ich lang verſagt,
Als Königin ſchau'n wird mich die Normandie!

Gerlind.

Gudrun, was ſagſt Du? ſprichſt Du Wahrheit, Mädchen?
Und haſt den Sinn für meinen Sohn gebeugt,
O hätteſt tauſend Linnen Du verloren,
Ich will es gern verſchmerzen und verzeihn.
Fort, ſagt es meinem Sohn! (Einige des Gefolges ab.)

Hergard.

Wie glücklich, Gudrun!
Da schieb' ich gern die eigne Hochzeit auf,
Laß uns in diesem Kuß Versöhnung feiern.

Gudrun (sich abwendend).

Den Glückwunsch nehm ich an, nicht Deinen Kuß.

Fünfter Auftritt.

Die Vorigen. König Hartmut mit Gefolge.

Hartmut (zum Boten).

O sprächst Du Wahrheit, fordre jeden Lohn!
Gudrun, ward solche Minne mir beschieden?
Nicht fragen will ich, was Dein Herz gewendet,
Nur danken will ich, gnadenreiche Braut.   (Will sie umarmen.)

Gudrun.

Nicht so! Unehre wär' es; seht mich an:
Nur eine arme Wäscherin bin ich worden,
Im nassen Kleid und barfuß steh' ich da,
Unwürdig Eurer fürstlichen Berührung.

Hartmut.

Wer hat Dir das gethan, Gudrun?! O Mutter,
Was thatet Ihr an dieser Herrlichen!

Gerlind.

Geholfen hat dies Mittel doch allein,
Dein wilder Falke ist nun zahm geworden,
Den harten Sinn beugt harte Zucht allein.

Gudrun.

Die Königin hat Recht, wir sind gebeugt;
Doch trag ich erst die Krone, braucht Ihr Euch
Nicht mehr zu schämen, auch vor mir zu knieen.

Hartmut.

Wir werden uns in Eurem Dienst nicht schonen,
Gudrun, schon heute bist Du Königin.
Befiehl, all' Deine Wünsche sind erfüllt.

Gudrun.

Darf ich befehlen, wirklich, darf ich wünschen,
Ich gottverlass'ne, heimatlose Waise?
Ihr Himmlischen, so wohl ward mir noch nie.
Wohlan, hört meine Wünsche denn, Herr Hartmut.
Für's erste soll man uns ein Bad bereiten.

Hartmut.

Ein Bad von jungen Veilchen sollst Du haben.

Gerlind (bei Seite).

Ein Bad, das wir vielleicht ausbaden sollen.

Gudrun.

Nicht mir allein, auch den Gefährtinnen.
Bringt Alle zu mir, meine Leidensschwestern,
Sie sind verwahrlost in zerzaustem Haar,
Und gehn in Lumpen, litten schwer wie ich,
Heut' sollen sie nun mit mir fröhlich sein.
Bewirthet sie und schmückt sie nach Gebühr,
Mit schönen Kleidern für die hohen Tage,
Die uns bevorstehn. Billig ist der Wunsch.

Gerlind (bei Seite).

Gieb ihr die Hand, sie nimmt den ganzen Arm.

Hartmut.

Die Kämm'rer werden Deine Schwestern holen,
Marschalk und Truchseß werden Euch bedienen,
Im Saal von Cedernholze sollt Ihr ruh'n,
Schatz und Gewand und Schmuck und lichtes Pelzwerk
Soll ihnen werden, daß selbst die Geringste
Gefallen würde einem reichen König.

Gudrun.

Dann wünsch' ich ferner, edler Herr, Ihr mögt
Durch die Normannenreiche Boten senden,
Ob's Euren edlen Freunden nicht gefalle,
Zum hohen Fest sich hierher einzufinden,
Ich selbst und meine Freundinnen, wir mögen
Gern Eure Helden schau'n. Ich aber will
Dann vor den Fürsten Eure Krone tragen.

Hartmut.

Zweihundert Boten reiten diese Nacht,
So viele Rosse noch im Burgstall sind.
Doch auf den Zinnen sollen Freudenfeuer
Weit lodern meiner Braut zu Lust und Ehren,
Und bist Du Königin geworden, Gudrun,
Dann sollst Du auch die Heimat wiedersehn,
Ein Wunderschiff, ein reiches, laß ich bau'n,
Mit Silberankern, goldbeschlagnen Masten
Und seidnen Segeln, Dir zur Augenweide

Und Ehre vor den Deinigen, Gudrun.
Doch nun erlaubt, Euch in die Burg zu führen,
Der Abendwind zieht auf.

Gudrun.

Es steigt die Flut
Und meines Lenzes frühe Sonne kommt
Vielleicht zurück. Auf morgen, Königin,
Zum Palmenfest!

(Sie grüßt und geht mit Hartmut.)

Gerlind.

Auf morgen, stolze Deutsche,
Gott nehme Euch in seinen hohen Schutz!

(Alle Uebrigen sind inzwischen zur Burg voraufgezogen.)

Hergard, was denkst Du?

Hergard.

Niemals glaubt' ich das,
Dies Alles kommt so jäh, so unerwartet,
Nie hätt' ich Gudrun fähig deß gehalten.
Sie hat ein ehern Herz von jugendauf.
Die Leiden gleiten von ihr ab wie Regen
Vom Felsenstein, und frischer blüht sie auf,
Als wenn Erquickung ihr die Pein gewesen;
Sie denkt zuletzt an sich, zuerst an Andre,
Bald gleicht sie einer Fee, die Schicksalsfluch
Verwunschen hat in eine Vogelscheuche.
Wer kennt den Zauber, der sie lösen kann —
Herr Hartmut müßte selbst ein Zaubrer sein.

Gerlind.

Du nimmst das Wort mir aus geheimster Seele,
Zu plötzlich kam die Wandlung und zu jäh!
Auf, misch' Dich diese Nacht in die Gesellschaft,
Belausche, was sie reden, was sie flüstern.
Mehr Sorge schafft mir diese Fügsamkeit
Als all' ihr Zorn.

Hergard.

Es soll geschehen, Herrin. (Sie gehen.)

Der Vorhang fällt.

Vierter Aufzug.

Anderer Theil der Insel Gustrate. Unter den Bäumen Zelte. Am Horizont tiefes Abendrot, später aufsteigender Mond.

Erster Auftritt.

Königin Hilda. Wate, Frute, Morung, Horand, Jrold; Krieger. Das Ganze ein belebtes kriegerisches Bild.

Hilda.

Es kommt die Zeit, da wir zur Grube fahren,
Dann drücken uns der Kinder fromme Hände
Die Augen zu. Und wandelt auch ihr Fuß
Dann über uns, wir bleiben doch bei ihnen
Und schirmen die Geliebten vor Gefahr,
Wir armen Mütter leben nur den Kindern.
Seht Ihr noch immer nichts?

Morung.
            Das Abendrot
Schwimmt auf dem Meer in düstrer Dämmerung —
Es legt die graue Nacht sich auf's Gewässer,
Als wolle sie uns Schreckliches verbergen.

Hilda.

Was flüstert Ihr so scheu — Morung und Frute,
Ich kann's nicht mehr verbergen. Riesenangst
Bergschwer und namenlos drückt meine Seele.
Dich, Wate, klag' ich an!

Wate.

Geduld noch, Herrin!

Hilda.

Dich klag' ich an, Mann mit der Eisenstirn
Und mit dem Eisenherzen. Sag', was hast Du
Mit meinem Sohn gethan, mit meinem Eidam?
Mich einzuwiegen erst mit glattem Wort —
Den Sohn, mein letztes Kleinod, mir zu rauben —
Warum hast Du mir das gethan, o Wate!

Wate.

Wozu der Jammer, Königin! Umsonst
Ist nur der Tod, und Unglück ist stets Segen,
Sie sind in eigner Kühnheit abgefahren.

Hilda.

Du ließest es geschehn. Es war zu hindern,
Du bist der Oberfeldherr dieses Heers.
Ich bin nun gänzlich kinderlos geworden.
Doch fordern will ich meinen Sohn von Dir,
Vor allem Volke schreiend will ich's fordern,
So wie ich hier im Staub schon vor Dir liege
Und ächzend rufe: Gieb mein Kind mir wieder!

Wate.

„Gieb mir mein Kind, gieb mir mein Kind zurück!"

Bin ich ein Greif, der Knaben in die Luft führt,
War's noch ein Säugling, ängstlich aufgenährt,
Wie Sommervögel füttern ihre Brut,
Lag's an der Brust mir, daß ich's hüten mußte?
Was, spielen wir zum Scherz nur Krieg, wie Knaben
Schneebälle werfen und die Gärten stürmen,
Um Aepfel von den Bäumen zu erbeuten?
O nein, Frau Hilda, grad ein Unglück wünsch' ich,
Ein Unglück, wie ein schmetterndes Gewitter,
Daß in gewaltiger Lohe neuer Wuth
Zusammenschmelze die gestörte Eintracht.
Wart Ihr nicht Willens muthlos umzukehren
Dicht vor dem Ziele? Wagtet Ihr nicht selbst
Von gütlicher Verhandlung noch zu reden,
Wo Donnerschläge nur noch reden durften?
Sonst wart Ihr stets des Vaters Ebenbild,
Der alle Freier hängen ließ voll Grimm,
Bis Einer kam, der ihm sein Täubchen stahl
Trotz seiner Tausende. Damals hat Niemand
Bejammert solchen Heldenstreich, und heut
Wär's ein Verbrechen, beide ziehn zu lassen?
Daß Ihr die Pfänder löst aus Feindeskrallen,
Das war mein Zweck. — Ruft alles Volk zusammen,
Ruft laut: Gefangen sind Ortwin und Herwig,
Ich hör' es gern. Die Braven werden schäumen,
Das ist die rechte Stimmung für die Schlacht!

Hilda.

Eh' das geschieht, halt' ich an Euch mich, Wate,
Und richten soll Euch meines Volkes Stimme!

Wate.

Heißt das Verhaftung? Nehmt, hier ist mein Schwert,
Seid Ihr nur Königin des Bienenschwarms,
Die Weisel nur, um Drohnenmord zu fordern.
Hier ist die offne Brust voll Wundennarben,
Aus Stürmen ehrlich für Euch heimgebracht.

Frute.

Schaut doch, mich dünkt, ich höre Ruderschlag!

Morung.

Da kommt es schwarz im Abendrot heran,
Ein Schiff. —

Horand.

Sie sind es, Gott sei Lob, sie sind's!

Jrold.

Doch ernst und schweigend treten sie an's Land.

Zweiter Auftritt.

Die Vorigen. Herwig und Ortwin landen und steigen
herauf.

Hilda.

Ortwin, mein Sohn, Herwig, mein Eidam, seid Ihr's?
Wie schwer habt Ihr ein Mutterherz gebeugt!

Frute.

Nun, welche Kunde bringt Ihr, lebt Gudrun?

Morung.

Ist sie die Königin der Normandie?

Horand.

Sie schweigen immer noch mit ernsten Mienen,
Die Düstres sagen, Düstreres verhüllen.

Irold.

Brich los, Ortwin, Du siehst, wir lauschen Alle!

Ortwin.

Ich kann's nicht Jedem in's Besondre sagen,
Was diese Augen sahn. Die ganze Wildniß,
Die starren Felsen, das empörte Meer,
Sie mögen's hören, denn barmherziger
Ist die Natur, als diese Menschen sind.
O meine Schwester!

Hilda.

Sprichst Du von Gudrun?
O schweig', Dein Auge sagt, sie ist gestorben!

Ortwin.

Wär' sie gestorben, wohl ihr, wohl uns Allen,
Der Tod ist hoher Ruhm vor solcher Schmach.
Habt Ihr geklagt bisher, weint blutge Thränen,
Rauft Eure Haare jetzt, wälzt Euch im Staub,
Gudrun, sie lebt, wir haben sie gesehn!

Hilda.

Ihr sahet sie, o sag's zum zweitenmal,
Sie lebt! Gott sei gelobt!

Ortwin.

Wir sahen sie
Mit Hildburg, die von Irland einst gekommen.

Frute.

Kann man als Fremdling an der Küste landend
So leicht sie sehn, als säßen sie am Hafen?

Ortwin.

Fragt König Herwig, er auch sprach mit ihr.
O hört, und beißt die Zähne aufeinander,
Schluckt Eure Wuth hinab und lacht dazu:
Wir fanden Beide wohl als Königinnen,
Als Fürstinnen des Spülichts und des Kehrichts,
Sie mußten Lumpen an dem Strande waschen!

Hilda.

Wie, — eine Königstochter Wäscherin!

Ortwin.

Fast bloß im Hemde stand sie da, dem Schnee,
Dem Wetter, Frost und Hunger preisgegeben;
Ein Bild des Elends, der Verkommenheit!

Herwig.

O mal' das Bild nicht aus — kein Bettelkind
Im Friesenland, das keine Eltern hat,
Kein Aschenbrödel, kein Zigeunerweib,
Das Kröten röstet auf gestohlnem Holz,
Kein armes Reh, das wundenkrank im Schnee
Herniedersteigt zu Menschenwohnungen,
Ist so verwahrlost, als die theure Gudrun.
Zerzaust, wildflatternd flog ihr seidnes Haar,
Die Hand voll Schwielen, tief schon eingesunken
Ihr schönes Aug', die herrliche Gestalt
Verfallen und gebeugt und frühgealtert,
Wir kannten sie nicht mehr.

Hilda.

O schweige, Herwig!
Ich kann's nicht hören mehr; mir schwillt das Herz
Zum Hals empor, mir brechen meine Knie.
Gudrun, mein Kind, o das zerreißt die Seele!

(Sinkt in Herwig's Arme.)

Frute.

Wir Alle sind beschimpft bis auf den Tod!

Irold.

Ein Spottlied wird man noch in später Zeit
Von Gudrun singen und den Hegelingen!

Wate.

Weint nur und ringt die Hände, schreit wie Lämmer,
Die von der Heerde sich im Moor verirrt.
Zeigt Euch als Weiber Alle, die nur flennen
Und wissen nie warum — betrübte Gerber,
Die jammernd ihren weggeschwommnen Fellen
Den Arm nachstrecken und Gesichter schneiden.
Seid Ihr ein Volk von Männern und von Erz?
Wollt Ihr den Mädchen helfen und Gudrun,
So macht die weißen Linnen wieder roth,
Färbt diese Wäsche, wie es Königen ziemt:
Mit Purpur aus Normannenblut; zum Teufel,
Und haben sie gefroren, macht sie warm
Am hellen Brand, steckt ihre Burgen an!
Das Holz ist billig, wo die Räuber wohnen!

Herwig.

Da hör' ich Wate reden, wie er ist.
Oft hüllt in Bosheitsmasken sich sein Herz,

Und seine Menschenliebe heuchelt Blutdurst.
Ein alter Mann, der heut an Krücken schleicht
Und in Gebresten hinter'm Ofen hockt;
Doch morgen ein Berserker und ein Riese,
Der mehr als Feuer zehrt, und der im Wettlauf
Die Zeit einholt. Dann bricht ein Heer von Teufeln
Aus seiner Brust, gleichwie ein Feuerwind
Erschüttert er die Welt, und über Trümmern
Ragt einsam auf sein löwenmähnig Haupt,
Als gält's den Herrn der Welt herauszufordern.

Hilda.

Mein alter Wate, kannst Du mir verzeihn?
Ich war verblendet. Nein, verzeihe nicht,
Verbrechen war's, mit dieser Wolfsbrut noch
Ein menschlich Wort zu reden von Versöhnung.
Verzeihung sei aus unserm Mund verbannt.
Ich kenne mich nicht mehr. Führt mich hinüber,
Zu jener Stelle führt mich, wo sie wusch.
Dort will ich knien und weinen und Gott danken,
Ein stolzes Münster will ich dort erbau'n,
Die Stätte ihrer Schande zu entsühnen.
O wenn Vergeltung noch im Himmel wohnt,
Dann muß sie nahn, furchtbar, erbarmungslos.
Ich ziehe mit Euch; jauchzend will ich's sehn,
Wie dieses Volk vertilgt wird von der Erde,
Denn Alle sie sind schuld, die es geschaut,
Was meinem Kind geschehn und es geduldet.
Auf zu den Waffen ruf ich Euch, Ihr Helden!

Grosse, Gudrun.   6

Ich selber will Euch führen in den Kampf,
Als Eure Kriegswalkyre wie dereinst!

Morung.

Brecht ab die Zelte, laßt die Hörner tönen!

Horand.

Eilt zu den Schiffen, zieht die Segel auf!

Irold.

Wetzt Eure Schwerter, zäumt die Rosse wieder!

Frute.

Auch zündet Fackeln an, daß hell das Meer!

Wate.

So recht, und dennoch Halt! Ihr Feuerköpfe,
Die Glut und Flut in einem Schlauche tragen,
Zuerst löscht alle Fackeln aus an Bord,
Daß unsre Ankunft keine Leuchte künde.
Wir fahren jetzt im Mondenschein hinab,
Hell ist das weite Meer und alle Küsten.
Umwickelt auch die Waffen und die Schilde,
Daß kein Geräusch, kein Klirren uns verräth.
Vermeidet Wort und Lied und Kampfgeschrei,
Still — lautlos wie der Tod, so laßt uns nahn,
Legt still zum Schlaf Euch an dem Strande nieder,
Bis morgen früh das Horn zum Sturme ruft.
Dann sei der Feldruf: Rache für Gudrun!
Und jetzt zu Schiffe!

Alle (mit erhobenen Waffen).

Rache für Gudrun!

(Sämmtliche Anwesende tumultuarisch ab.)

Verwandlung.

Burg auf Cassian. Ein offener großer Saal. Durch die Gal=
lerie des Hintergrunds sieht man einen Thurm, links Thür und
Treppe zu den Frauengemächern. Die Halle ist festlich
erleuchtet.

Dritter Auftritt.

Gudrun, Hildburg, Hergard, viele andere Mädchen; unter
ihnen Swanhild, Rotrud und Rosimund; Diener am
Schenktisch. Zur Seite eine gedeckte Tafel; mehrere Kämmerer
mit Geschenken.

Erster Kämmerer.

Gefall's Euch, Gudrun — diesen Purpurteppich
Zu Füßen legt Herr Hartmut seiner Braut,
Auf lichten Blumen soll ihr Füßchen wandeln.

Zweiter Kämmerer.

Ingleichen diesen Schleier reichgestickt
Und Goldgefäße mit Arabiens Salben
Weiht König Ludwig seiner lieben Tochter.

Dritter Kämmerer.

Auch Königin Gerlind beut Gruß und Gabe:
Den reichen Gürtel und die Perlenschnur,
An Eurem Ehrentage Euch zu schmücken.

Hergard.

Nun, Gudrun, Deine Wünsche sind erfüllt,
Du bist vereint mit Deinen Freundinnen,
Man hat sie reich bewirthet und geschmückt.

6*

Die Schenken haben ihre Pflicht gethan,
Und Edelknaben warten ihres Winks,
Und dennoch scheint's, als wären sie nicht heiter,
Sie sitzen schweigend, und in manchem Aug'
Wie Thränen glänzt es. Sag', was ist, Gudrun?

    Gudrun (selbst reich geschmückt, nimmt einen Becher vom Schenktisch).
Seid fröhlich, liebe Schwestern, freuet Euch,
Auf aller Leiden Ende trink' ich heut,
Auf Wiederkehr der alten schönen Zeit.
Ihr weint und schweigt — auf, thut Bescheid mir diesmal
Und laßt den Becher gehn von Mund zu Mund.

    Swanhild (den Becher nehmend).
Du hast gut lächeln, schöne Königstochter,
Du riefst uns, Deine Herrlichkeit zu schau'n,
Vielleicht auch Deine Freude zu beneiden.
Wir danken Deinem Gruß und wünschen Glück!

    Rotrud.
So lange Jahre warst Du unser Trost,
Weil Dir's nicht besser als uns Allen ging,
Nun bist Du Braut, trittst über uns hinweg,
Wir wünschen Glück!

    Rosimund.
    Wir wünschen Glück, doch uns
Laß unsre Thränen. Ach, seit diesem Tag
Sind wir verloren, unrettbar verdammt
Zu ewiger Verbannung in der Fremde.

    Gudrun.
Kleinmütige, Ihr zagt. Wie sonderbar,
Zum Lachen wahrlich stimmt mich Eure Sorge.

O Hildburg, lache mit mir, theure Schwester,
So hoffnungsreich, so selig, so umsonnt
War ich seit langen Jahren nicht, und sie,
Die armen Kinder, weinen, weil es Licht wird.
Habt Ihr Euch wirklich blind und wund geweint,
Daß nun die Sonne Eure Augen schmerzt?
Ach, lange Trübsal lähmt die Heilung selbst,
Doch diese Angst sie macht mich wahrlich lachen!

Swanhild.

So lache nur, Du Tugendheuchlerin,
Als hehres Beispiel galtst Du starker Treue;
Doch morgen nimmst Du einen jungen König,
Die goldne Krone wiegt die Treue auf!

Rotrud.

Ja, lache nur, mit Perlen schmücke Dich,
Auch Dir nur Thränen werden sie bedeuten!

Rosimund.

Bis heute haben wir Dich angebetet
Wie eine Heilige, heut' verachten wir
Dich und Dein Glück. Drum lache nur, Gudrun,
Du machst der deutschen Treue keine Ehre!

Gudrun (bei Seite).

Halt aus, mein Herz, daß du nicht brichst in Angst.
O diese Worte zeigen mir den Abgrund,
An dem ich schreite, hoher Himmel, hilf,
Wenn mich Bedenken faßt, bin ich verloren.

Hildburg (zu den Mädchen).

Was redet Ihr für ungewaschne Reden!

Schämt Euch der Schmähung, Rotrud, Roſmund
Und Swanhild, höret mich. (Sie flüſtert mit ihnen.)

Hergard (zu Gudrun).

Laß ſie nur ſchmäh'n,
Der Neid fehlt niemals an des Glückes Schwelle,
Es iſt doch ſüßer, ſich in Liebe fügen,
Als nutzlos dulden. Wir ſind beide gleich:
Du biſt vernünftig worden, und vereint
Verlachen können wir die Närrinnen. (Nimmt den Becher.)
Auf Heil und Segen zu der Hochzeit, Gudrun!

Gudrun (mit Beziehung).

Auf Heil zur Hochzeit, Hergard, wo Jedwede
Empfangen wird, was ihr gebührt — auch Du!
(Sie läßt Hergards Becher fallen.)

Hergard (bei Seite).

Wie, was war das? Verhüllte Drohungen
Und höhnende Verachtung und Geflüſter?
Hier iſt etwas im Werk. Gerlind hat Recht!
(Sie ſchleicht hinaus.)

Gudrun.

Ich weiß nicht, welche grauenhafte Angſt
Die Bruſt mir ſchnürt vor dieſen Späherblicken.
Ach, wäre nur vorüber erſt die Nacht,
Schlecht bin ich in Verſtellungskunſt erfahren.
Für Blumen Wunden, für Geſchenke Brand
Und Todeskampf — wenn ſie's zu früh entdeckten,
Wenn ſie beim Wort mich hielten, wenn die Landung
Verzögert würde nur um einen Tag,
Und ich mich finge in dem eignen Netz —

Ihr heiligen Mächte, lieber gebt den Tod!
Ich trag's nicht länger! Theure, süße Hildburg,
Du warst mir immer meiner Seele Halt,
Mein härtres Selbst, mein bester Himmelstrost,
O reich ist noch, wer eine Freundin hat!
Zusammen sind wir durch das Leid gewachsen,
Zwei Stämmen gleich, die eine Wurzel trieb,
Zwei Zwillinge des Schicksals, die das Leid
An seiner Brust genährt, im gleichen Korb
Gewiegt, mit gleichem Wermut aufgezogen,
Und hat uns gehn und stehn gelehrt und lesen
In Himmelssternen wie in Kummerträumen.

(Mit leiserer Stimme:)

Geh, steig hinauf und spähe von dem Thurm,
Der Mond scheint helle auf das weite Meer,
Denn mich verzehrt die Ungeduld und Angst,
Die namenlose Lüge der Verstellung.   (Hildburg ab.)

(Zu den Kämmerern:)

Euch aber, edle Kämmrer, geb ich Urlaub;
Geht schlafen all', wir freun von Herzen uns
Nach langer Trübsal — ich und meine Schwestern
Heut einmal gründlich auszuruhn, wie nie.
Gönnt uns den Schlaf, auf Wiedersehn für morgen.

(Die Kämmerer gehn.)

Gudrun.

Jetzt athme auf, mein Herz — wir sind allein,
Hinweg mit diesem lügnerischen Schmuck,
Fort mit dem Kranz, er brennt wie glühend Erz!

(Sie reißt die Blumen vom Haupt.)

Swanhild.

Was thust Du, Gudrun?

Rotrud.

Du bist ganz verwandelt!

Rosimund.

Was sinnst Du, Gudrun? drohend blitzt Dein Aug'!

Gudrun.

Fort, schließt die Thüren, schiebt die Riegel vor
Und redet leiser, daß kein Horcherohr
Uns hier belauscht. Dann füllt die Becher alle
Und küßt mich all' und kommt in meine Arme.
Ich bin Euch treu geblieben wie zuvor,
O, ein Geheimniß, selig, wunderbar,
Ist über mir und über Euch; wie Kinder
Sich freun auf Feen und Winterlichterfeste,
So mögt Ihr fröhlich sein und Lieder singen.

(Auf der Gallerie in der Höhe erscheinen ungesehen von ihnen Gerlind
und Hergard.)

Swanhild.

Du sprichst so räthselhaft, so feierlich.

Rotrud.

Du raubst den Schlaf uns, sag' uns alles, Gudrun.

Rosimund.

Wir können schweigen wie die Steine. Sprich!

Gudrun.

Wahr — Eure Unruh ist verrätherischer,
Als alles Wissen. Ach, mir selber drückt
Das Herz es ab, ich muß Erleichtrung haben.

So wißt, ich habe Herwig heut geküßt,
Dem ich verlobt, und Ortwin, meinen Bruder.

Swanhild.

Du, küßtest?

Rotrud.

Unerhört!

Rosimund.

Herwig und Ortwin,
Wie war das möglich? wo, wann ist's geschehn?

Gudrun (leise, wie vorher).

Sie sind mit großem Heere angekommen,
Und graut der Tag, beginnen wird der Sturm,
Mit achtzigtausend Helden auf Cassian,
Senkt diese Botschaft tief in Eure Brust,
Bleibt wach und munter heimlich, denn es könnte
Im Schlummer das Geheimniß Euch entfliehn;
Wir wollen unsre Mädchenlieder singen,
Und morgen dann Erlösung oder Tod!

(Gerlind und Hergard verschwinden von der Gallerie.)

Rosimund (erschrocken).

Horch, hörtest Du nichts? Eine Thür erklang.

Gudrun.

Sind wir belauscht — greift alle zu den Messern!

(Hildburg kommt zurück.)

Du bist es, Hildburg. Deshalb klang die Thür,
Du bist bewegt, was hast Du mir zu sagen?

Hildburg.

O Gudrun, meine Gudrun, sie sind da,
Ich sah sie Alle!

Gudrun.

Rede, süße Hildburg,

Sag' alles auf einmal — gebt mir den Stuhl,

Mich faßt ein Schwindel, meine Kniee zittern.

Hildburg.

Weit blitzt das Meer in Silbermondlicht hell.

Ich spähte lang hinaus, 's war alles still;

Nur weites Rauschen endlos klang von ferne,

Da plötzlich taucht es aus der Ferne auf,

Wie lichte Segel blaß und geisterhaft.

Erst fünf, dann zehn, dann zahllos immer mehr,

Die lichten Helme glänzten und die Schilde

Wie tausend Lichter. Lautlos kam die Flotte

Nah, immer näher, wie Gespenster tauchten

Die Schaaren aus der Flut, ein Wald von Masten

Füllt alle Buchten jetzt unübersehbar,

Das sind sie — sie sind da — o meine Gudrun!

Gudrun.

O meine Mutter hier im Feindesland.

Ach, nun erst wird mir weh, daß ich geboren,

Ich Gottverlaßne. Wie viel werden sterben

Um meinetwillen, eh die Sonne steigt,

Doch sehen muß ich sie, muß ihre Nähe

Mit allen Sinnen meiner Seele fühlen.

Bleibt alle hier, und keine folge mir,

Singt, trinkt und tanzt, ruht auf den Polstern aus,

Thut, was Euch lieb, doch hütet Eure Zunge;

Ich will die Meinen grüßen und will beten. (Sie steigt hinauf.)

Vierter Auftritt.

Hildburg allein mit Rotrud, Swanhild, Rosimund
und den anderen Mädchen.

Swanhild.

Bedenk' ich Alles, scheint es mir ein Märchen.

Rotrud.

Mir klopft das Herz, so süß und furchtbar ist's.

Rosimund.

Ich weiß nicht, mir wird angst, zum Tode angst.

Swanhild.

Horch, hört Ihr nichts, es tönt wie Waffenklang.

Rotrud.

O nein, wie Eulenschrei und Windessausen.

Rosimund.

Verrufen ist das alte Nest schon längst.

Swanhild.

Bald klingt's wie Hämmern eines Todtenwurms,
Bald tappt es durch die Gänge wie Gespenster.

Rotrud.

Warum auch läßt uns Gudrun so allein!
Wo sie ist, kann man ohne Sorgen weilen.

Rosimund.

Was hält uns ab! Kommt, folgen wir hinauf,
Wir sind so gut wie sie, etwas zu schauen.

Hildburg.

Ihr bleibt! Verboten hat es streng Gudrun,
Ihr Närrischen, was fürchtet Ihr; doch freilich,

In einem habt Ihr Recht. Zehn Jahre lang
Hat man gelebt hier, nun auf einmal ward
Uns alles fremd und unbekannt und wüst,
Gleichwie ein düstrer Traum, der uns umfängt.
Kommt, kommt, Ihr steckt mich an mit Eurer Angst.
Laßt uns ein altes Mädchenlied anstimmen
Von den gefangenen Walkyrenmädchen.

(Sie singt:)

Auf hohem Thurm in Nacht und Sturm,
Da saßen sie beklommen
In Erdenleid — ihr Flügelkleid
Das hat man ihnen genommen.
Doch kommt ein Tag nach Leid und Schmach,
Da sie die Flügel schwingen,
O Heimatland — o Flügelgewand,
Wer wird je heim uns bringen?

Chor der Mädchen.

Doch kommt ein Tag nach Leid und Schmach ꝛc. ꝛc.

Fünfter Auftritt.

Die Vorigen. Königin Gerlind kommt mit Hergard,
König Hartmut und Begleitung. Fackeln.

Gerlind.

Wie kann man sich erfrechen, mit Gewinsel
Die Nacht zu lärmen; warum schlaft Ihr nicht,
Und wo ist Gudrun?

Hildburg.

Längst zur Ruhe, Herrin.

Gerlind.

Wir werden sehn, ob Du die Wahrheit sprichst,
Hinweg in Eure Kammern dorthinaus!

(Hildburg mit Hetrud, Rosimund, Swanhild und sämmtlichen Mädchen ab.)

Hartmut.

Hast Du mich deshalb aus dem Schlaf gestört,
Um Mädchenvogt zu sein?

Gerlind.

Kurzsichtiger,
Frag' unsre Hergard, sie ist treu und klug;
Hier gehen Dinge vor, verdächtige.
Aus allen Schranken hat Gudrun gelacht,
Sie, die seit Jahren nicht verzog die Miene
Und unbeweglich schien wie sprödes Eis.
Ich weiß nicht, was dies Lachen deuten mag;
Doch unsrem Land wird schwere Drangsal kommen
Und Schreckenstage — sie hat sicherlich
Geheime Botschaft von daheim empfangen.
Deshalb dies Flüstern, Lachen, Heimlichthun.
Seid wach, Ihr Männer, sonst verlieren wir
Noch Ehr und Leben!

Hartmut.

Laß es doch bewenden,
Ich gönne ihr die Fröhlichkeit von Herzen,
Wie könnten uns die Hegelingen schaden!
Die sind uns fern!

Gerlind.

Bist Du verblendet ganz!
Ich habe ungesehen sie belauscht,
Ich sage, diese Schlange täuscht uns Alle,
Ein Mittel bleibt nur, ihr zuvorzukommen.

Hartmut.

Ein Mittel, wieder traurig sie zu machen.

Gerlind.

Nicht doch, sie mit den Unseren zu vereinen,
So unzerreißbar, daß kein Trug mehr hilft.
Sie muß Dein Weib noch werden diese Nacht,
Noch diese Stunde! Gleich!

Hartmut.

Warum so hastig,
Wir haben deß nicht Noth.

Gerlind.

Bist Du ein Mann,
Der je gedacht, dies Mädchen zu umarmen,
Und bebst davor und zitterst feig, da nun
Erfüllung winkt nach jahrelangem Schmachten?
Sie soll Dein Weib noch werden diese Nacht,
Ich will's und habe Grund, und müßt ich sie
Aus ihrem Bette reißen zum Altar.
Dann wird sich's zeigen, ob sie's ehrlich meint.

Hartmut.

Dein Wort kredenzt mir Seligkeit und Glück
In gift'gem Kelch. Gewalt und nächtige List
Wird Gudrun nie verzeihen. Deine Härte

Verdarb schon viel. Laß' ihr den freien Willen,
Denn Freiheit ist der Liebe heilig Vorrecht.

Gerlind.

Du möchtest, möchtest nicht, Schwachherziger,
Hier hilft kein zärtlich Schonen, noch Bedenken.
Fort, Hergard — ruf den Burgkaplan herauf,
Er soll sich eilen und sofort erscheinen,
Zur Hand ist die Kapelle hier. Ich selbst
Will Gudrun wecken. Hier erwarte uns.

(Auf dem Thurm, der im Hintergrund sichtbar, erscheint ein Wächter und
stößt ins Horn.)

Wächter.

Wacht auf, Ihr Recken, zu den Waffen all'!
Normannen, auf! Zu lang habt Ihr geschlafen.

Gerlind.

Was giebts? was war das? bläst die Hölle Aufruhr?
Warum das Sturmsignal?

(Sie stürzt zu dem Hintergrund, während der Wächter zum zweitenmal bläst.)

Hierher, mein Sohn!
Nun, hab ich Recht? Die Burg, der weite Hafen,
Der meilenweite Strand, er starrt vom Feind.
Gudrunens Lachen werden wir bezahlen,
Und Du stehst wie im Traume da gelähmt.
Auf, zu den Waffen — die Posaune dröhnt,
Empor, Ihr Schläfer, aus den Betten auf,
Der jüngste Tag ist da — auf, in die Schlacht!

(Sie stürmt davon. Der Wächter bläst zum drittenmale. Allmälig belebt sich
die Scene. Das Schloßgesinde und Bewaffnete eilen herein und über
die Bühne. Es wird völlig Tag.)

Hartmut.

Er war zu schön, zu lieblich war der Traum,
Der mich wie Taumel kurz umfangen hielt.
Nun wird es blutig tagen, und die Würfel
Des Schicksals rollen donnernd über uns.
Gudrun, Du Engelskind, Dich schützt ein Gott,
Dämonen selbst des Zufalls sind Dir treu.
Zur Täuschung warst Du Aermste nur gezwungen,
Weil wir gewagt Dich Hehre anzutasten.
Gleichviel! — Vergessen bringt der Kampf allein,
Der beste Arzt für wundes Herz sind Wunden!

Sechster Auftritt.

Hartmut. König Ludwig kommt mit Gefolge, Waffen=
trägern u. s. w., am Schluß noch Gerlind, Krieger.

König Ludwig.

Was giebt's, mein Hartmut, welcher Lärm im Schloß?

Hartmut.

Was uns die Norne prophezeit, erfüllt sich,
Der Tag ist da, und unser Schicksal ruft,
Wir sind belagert, eine Flott' in Sicht!

König Ludwig.

Pilger vielleicht, die Vorrath kaufen wollen.

Hartmut.

Ja, Pilger sind es auf der Todeswallfahrt
Im lichten Eisenkleid zum eignen Grabe.
Kommt auf den Söller in die Morgensonne,

Ich zeige Euch die Fahnen und die Wappen,
Sie liegen wahrlich nahe schon der Stadt,
Und immer neue tauchen aus dem Meer
Mit breiten Fahnen und mit breiten Segeln.

König Ludwig.

Schlecht ist mein altes Aug', und sieht nicht weit,
Doch meine Faust ist jung. He, Waffenträger!

Hartmut.

Dort flaggt von brauner Seide eine Fahne
Mit einem Haupt von Gold!

König Ludwig.

Herunter soll's!

Das ist der Herzog Morlands, ist Horand,
Jetzt glaub' ich an den Ernst. He, meinen Panzer!

Hartmut.

Dann kommt ein Banner, roth geziert mit Sparren,
Schwertspitzen auch.

König Ludwig.

Er hat zu viel der Sparren,

Lüstet's den jungen nach des Vaters Schicksal?
Der junge Ortwin ist's. Gebt meinen Helm!

(Er wird allmälig völlig gerüstet.)

Hartmut.

Ein Fahnenpaar, schneeweiß mit goldnem Bild,
Von wolkenblauer Seide eins, das letzte
Mit grünen Blättern und mit Wasserrosen.

König Ludwig.

Die magst Du pflücken Dir zum Siegeskranz,
Denn Herwig trägt sie, Deiner Liebe Feind.

Das andre mit den Bildern ist Frau Hildens.
Jetzt gebt das Schwert!

Hartmut.

Doch an der Spitze trabt
Ein Riese her mit ellenbreitem Bart
Auf schiefergrauem Friesenroß. Wer ist er?

König Ludwig.

Den laß Du mir, das ist der alte Wate,
Er ist ein Walroß und ein Fuchs zugleich,
Gerecht in jedem Sattel; Zeit und Haß
Hat uns zugleich gebleicht in langer Schule,
Auch er erfuhr, daß alles Leben Trug:
Ist Einer übermütig, wird doch Einer
Am Ende kommen, der sich höher dünkt.
Und jetzt das Banner gebt!

(Gerlind kommt mit Frauen und Kriegsvolk.)

Was will Gerlind?

Gerlind.

Mein Sohn, mein einziger, ich laß Dich nicht,
Sie werden Dich erschlagen, bleib bei mir!

Hartmut.

Rath Deinen Frauen, wie sie spinnen sollen,
Das ist die Ernte, die Du uns gesät:
Nun heiß' Gudrunen nochmals waschen gehn.
Du dachtest, daß sie ganz von Gott verlassen,
Du siehst, sie hat noch Freunde, die uns lohnen.

Gerlind.

Vorwürfe noch vom eignen Sohn?! O Ludwig,
Wagt keinen Kampf! Bewehrt ja ist die Burg,

Vorräthe auf ein Jahr besitzen wir,
Die Mauern schützen uns; doch Ihr seid alt,
Ich und die Frauen helfen Euch von oben
Mit Lanzen, Steinen, Pfeilen, heißem Wasser.
Mein König, keinen Kampf, nur keinen Kampf!

König Ludwig.

Geht in die Kemnat — lockt nicht meinen Zorn.
Mir scheint's, die Pfauenhenne hat vorzeit
Ein Adlerei gebrütet, ist nun trostlos,
Daß seine Flügel in den Lüften rauschen,
Und er liebt eine Fremde, die ihn haßt:
Zum Unheil nur geboren ist das Weib,
Verblendung in der Jugend, und im Alter
Berückt es uns die Söhne. Weg mit ihnen:
Jetzt heißt es Feuerschein aus Helmen hau'n,
Blut aus den Ringen schlagen, Schilde brechen.
Mit tiefen Wunden gilt's die lieben Gäste
Bewirthen heut, und dann — wer kennt das End'
Zuletzt erobert jeder nur ein Grab.

Hartmut.

Warum so düster heut, mein edler Vater?

König Ludwig.

Es ist nicht Trauer. Aus Unendlichem
Ziehn wir in's Endliche allmälig nieder.
Die Jugend sieht noch himmelweit das Leben,
Die Sterne glaubt der Liebende zu eigen,
Der Mann wirkt auf der Erde Fruchtbezirken,
Doch immer enger wird dem Greis das Reich;
Bis ihm zuletzt nur sechs Fuß Erde bleiben.

7*

Als Rest der himmelweiten Unbegrenztheit.

Zwar, fromme Seelen sagen umgekehrt:

Wir ziehn aus Endlichkeit zur Ewigkeit.

Wer kann's beweisen — laßt es heut erproben!

Heut gilt's für immer! Vorwärts in die Schlacht!

(Trompeten. Alle mit kriegerischem Tumult ab.)

Gerlind (allein).

So werfen sie mich fort — der eigne Gatte,

Der eigne Sohn — Dir dank ich es allein,

Verruchte Schlange, heimtückisch Geschöpf!

Doch heut noch bist Du ganz in meiner Macht,

Du sollst die Deinen hülflos sterben sehn,

Und siegen sie, was Gott nicht wollen kann,

So hab ich diesen Dolch und meine Knechte.

Jetzt auf die Mauern, dann zu Dir, Gudrun! (Ab.)

Der Vorhang fällt.

Fünfter Aufzug.

Vor den Thoren von Cassian. Aussicht auf Burg, Stadt und Meer. Weiter malerischer Prospect.

Erster Auftritt.

(Wogendes Heergetümmel.) Königin Hilda mit Gefolge. Horand wird verwundet gebracht. Später Ortwin von Frute und Morung gebracht.

Hilda.

Seid Ihr verwundet, Horand? Setzet Euch
Auf diesen Rasen. Laßt Euch pflegen. Sagt,
Wie steht die Schlacht? Die Ungeduld verzehrt mich.

Horand.

Im Handumdrehn ward der Erfolg entrissen.
Schon waren wir zur Burg hinangedrungen
Im Anprall, der wie Hochlandsstrom im Frühjahr
Hinwegriß, was entgegenstand. Schon grüßten
Uns weiße Mädchenarme aus den Fenstern,
Auch Eure Gudrun meint' ich zu erkennen.
Doch plötzlich, wie in Island Lavagluten

Vermischt mit Meerflut aus dem Berge donnern,
So meteorgleich speit die schwarze Burg
Uns tausend Feuerteufel jäh entgegen,
Voran Herr Hartmut mit Berserkerwut.
Ein schnaubender Sturm, der Wälder niederbricht,
So wälzt er seine Schaaren uns entgegen.
Selbst Weiber schossen von der Burg mit Schäften,
Und heißes Wasser, Oel und brennend Pech
Ergoß sich aus der Höllenburg auf uns.

Hilda.

Von meinem Sohne sagt Ihr nichts und Herwig —

Horand.

Er hielt sich tapfer wie ein junger Löwe,
Da ich zuletzt ihn sah. Dann ward es Nacht
Vor meinem Aug', die Welt zersplitterte
In schwarze Luft. Wir haben Unglück, Herrin,
Da seht die Schaaren der Geschlagnen weichen!

Hilda.

Herr meines Lebens, Herr der Heeresschaaren,
Verlaß uns nicht! — laß unsren Glauben nicht
Zu Schanden werden. Herr, der Du Gerechte
Beschützst und Ungerechte bringst zu Fall,
Verlaß uns nicht! Geloben will ich Dir,
Was Du uns auflegst: Schonung den Besiegten.
Dir Ruhm und Preis! Es liegt mein ganzes Volk
Hier auf der Schlachtbank. Tausend Frauen flehn,
Mütter und Schwestern flehen knieend mit mir:
Verlaß uns nicht!

(Ortwin wird von Frute und Morung gebracht. Krieger.)

Morung.

Gebt Raum dem Königsfohn!

Hilda.

Ortwin! mein Sohn, im Blut mein Einziger!

Frute.

Nehmt ihm den Helm erst ab, er ist betäubt,
Herr Hartmut kost uns unzart mit der Streitaxt.

Morung.

Sag', wie ein Eber würgt er in der Meute!
Wir beißen unfre Zähne auf die Lippen
Aus Gram und Scham, daß Mut und Riesenkraft
Wie Rauch aufgehn!

Hilda.

       Mein Ortwin, lebst Du noch?
Ist kein Erbarmen denn im Himmel, daß ich
An diesem Tage kinderlos geworden?
Auf Euch mein Fluch, die Ihr in rohem Wahn
Gewalt um jeden Preis gewollt. Ortwin! (Wirft sich über ihn.)

Frute.

Was soll uns dieses Jammern, Königin,
Das Männer nur entmutigt!

Morung.

       Laßt sie weinen.
Um Herd und Altar kämpfen jene zwar
Die ihren Horst vertheidigen wie die Adler,
Wenn mit dem Beil am Fels der Jäger aufklimmt;
Wir aber opfern Gott wie Abraham
Das liebste — unser Kind. Er war ein Mann,
Sie ist ein schwaches Weib.

Hilda.

Wer nennt uns schwach?
Soll ich die Steine rufen und die Stürme,
Die Meereswogen nun um Hülfe flehn,
Da Menschen fühllos sind — ich will sie rufen.
Auf, zieht mit mir, mit einer greisen Mutter,
Die ihre Kinder rächt. Gebt mir die Fahne!

Morung.

Geht zu den Schiffen, die Gefahr rückt näher,
Sie fliehn auf allen Seiten unaufhaltsam.

Zweiter Auftritt.

Die Vorigen. König Herwig. Fliehende. Gleich darauf
Hartmut mit Normannen.

Herwig (die Fliehenden haltend).

Seid Ihr noch Männer oder seid Ihr Memmen?!
Steht, sag' ich, Feiglinge! nein, Hunde seid Ihr!
Des Vaterlandes Ehr' in fremdes Land
Zu tragen, um sie feig dort zu verscharren.
Steht, sag' ich, ein Phantom jagt Euch davon,
Vor wem sonst flieht Ihr? Wo ist das Gespenst?
Ich ganz allein nehm's auf mit ihm. Da ist's,
Bis hierher und nicht weiter!

(Die Fliehenden stehen. Hilda wird fortgeführt. Hartmut an der Spitze
von Normannen ist aufgetreten.)

Hartmut.
Du bist Herwig,

Der König Seelands und ein tapfrer Held,
Und doch mit Dir kämpft Hartmut nimmermehr!

Herwig.

Ha, bist Du's selbst, Du Teufel, Mädchenräuber?
Zehn Jahre in Gedanken schlug ich Dich,
Den ich vergebens im Getümmel suchte,
Der feig mir auswich wie ein bös Gewissen,
Jetzt hab' ich Dich und nimmermehr entrinnst Du!

Hartmut.

Dem ebenbürtigen Feinde ziemt nicht Schimpf,
Zeig jede Hölle, jeden Drachen mir,
Nicht weigern werd ich jeden Todeskampf!
Doch Keinem möcht' ich weniger begegnen,
Als Euch, mein König; geht und schonet Euch.
Seht, daß Ihr Gudrun liebt, macht Euch geweiht.
Die gleiche Liebe macht Gemeine nur
Zu Feinden, aber edlere Naturen
Zu Glaubensbrüdern, die denselben Gott
Bekennen, vor demselben Altar knien.
Im Namen Gudruns, seid gegrüßt mir, Herwig,
Im Namen Gudruns, geht mir aus dem Weg!

Herwig.

Wag' diesen heil'gen Namen nicht zu nennen!
Wozu den Wortschwall, doppelzüngiger Fuchs,
Suchst Du nach Ausflucht? Deine Höhle ist
Verrammelt, hier drum renne in mein Schwert,
Schlag' oder ich durchbohr Dich, Basilisk,
Im Namen Gudruns fahre zu den Todten!

Hartmut.

Du zwingst mich, wohl, so fühle, wie gefeit
Der Mann, den Gudruns Augen heut gesonnt,
Sie geben Kraft, auch wider ihren Willen,
Wohl zwanzig Herwig in den Grund zu schlagen!

(Sie fechten; Herwig fällt nach kurzem Kampf.)

Da liegst Du nun. Verzeih mir, hehre Gudrun,
Daß ich so unzart traf dies tapfre Herz,
Da liegst Du, rücklings mißt Du nun den Grund,
Den manchmal wohl ihr theurer Fuß beschritten.
Mir wäre wohl, Du hättest mich gefällt,
Dein Schwert doch war so treulos der Geliebten,
Wie Gudrun mir. — Tragt nun den Helden fort.

(Herwig wird von den Seinen weggetragen.)

So thürmen Leichenhaufen sich empor,
In Deinem Namen, Gudrun, wie die Opfer,
Die einst man grausen Göttinnen gebracht,
So zuckt Dein Herz auch kalt erbarmungslos.
O Du darfst lachen — nutzlos ist der Kampf,
In allen Siegen dennoch hoffnungslos;
Denn keinen Preis hat dieses Würgen mehr,
Als Ehre, nackte Ehre ohne Rosen!
Warum weichst Du mir aus, elender Tod,
Dich suche ich, als letzten Freund und Tröster.
Auch Du bist Gudruns Knappe, der mich höhnt,
Und lachend flieht und nimmer sterben läßt.

Dritter Auftritt.

Hartmut. König Ludwig mit Kriegern; am Schluß Wate,
Frute und Morung mit Kriegern.

König Ludwig.

Nun, warum stockt der Kampf, weshalb die Rast?

Hartmut.

Die Leichenhaufen sperren uns den Weg.

König Ludwig.

Ich weiß, Du hast das Meiste heut gethan,
Und ruhig darf ich in die Grube fahren,
Daß solch ein Held mein weites Reich beschirmt.
Doch nur nichts halb gethan, jetzt keine Ruhe!

Hartmut.

Ich mein', Ihr sollt Euch einige Ruhe gönnen,
Auch dünkt's mich klug, das Schicksal nicht zu viel
An einem Tage hitzig zu versuchen.

König Ludwig.

Wie — spricht so greisenhaft ein junger Mann,
So muß ein Greis zum Jüngling wieder werden.
Kampf ist das Leben, Kampf mit der Natur,
Von Anfang bis zum End, selbst mit Gedanken.

Hartmut.

Wer bürgt, daß wir nicht abgeschnitten werden.

König Ludwig.

Scheust Du den Baum zu fällen, weil er Dich

Erschlagen könnte, vorsichtsvoller Held?
Nur matter Herzen Zuflucht ist die Reue.

Hartmut.

Zu rasch erfochten ist der kühne Sieg,
Nur eine Ebbe ist's im Feindesheer,
Doch rascher, fürcht ich, kehrt die Flut zurück.

König Ludwig.

Du sprichst, als hätte Dich gelähmt ein Zauber.

Hartmut.

Das Schicksal unsres Reichs steht auf dem Spiel,
Und das Verhängniß unsres Hauses waltet!

König Ludwig.

So werde es erfüllt. Im Menschenleben
Geht Vorsicht nur auf Krücken. Tage giebt's,
Wo Kühnheit selbst des Schicksals Macht bezwingt,
Läßt einen alten Löwen einmal los,
So will er Blut und seine Beute haben.
Sieh hin, die Sonne ist's vom Wulpensand,
Sie leuchtet durch den Nebel blutigroth,
Wie damals siegverkündend. Vorwärts, Hartmut,
Ins Meer zurück laß diese Brut uns wälzen,
Damit sie melden kann, wie kühl das Wasser.
Nicht Einer darf zurück zum Heimatland!

Hartmut.

Furchtbar, wenn greise Hitze Flammen fängt!
Nun ist's zu spät, die Flut, sie kommt zurück.
Wohl, auch das Sterben will noch Anstrengung,
Vorwärts, ich decke Euch — mich sehnt zu sterben!

(Wate, Frute und Morung treten mit frischem Kriegsvolk auf.)

Wate.

Nun, zeigt mir doch den Fant, der drei erschlug —
Horand und Herwig, Ortwin, Alle bluten.
Den spart mir auf, nicht tödten will ich ihn,
Lebendig fangen will ich ihn und binden,
Ihn sehen lassen als ein Wunderthier,
Mit Gold umwunden seines Bartes Locken.
Die Knaben sanken, doch die Männer stehn.

(Er dringt vor mit den Anderen.)

König Ludwig.

Welch alter Prahler plumpt daher, bist Du
Ein Goliath, ein Pferd, ein siecher Walfisch,
Den ausgespien die See auf nackten Strand,
Hier ist die Stelle, wo Du sterben mußt!
Gilt's Euren Todten, schick ich Dich zu ihnen:
Mit Hettels Leichnam magst Du Dir den Durst
In salziger Woge kühlen und im Schlamm,
Du ungeschlachtes Ungethüm, komm an!

(Ludwig dringt auf Wate ein. Hartmut auf die Anderen. Allgemeiner Kampf.
Die Normannen dringen vor. Wate, Frute und Morung werden zurückgedrängt.)

Verwandlung.

Schloßhalle auf Cassian mit weiter Aussicht auf die Stadt und
das Meer. Von der Halle aus führt eine Thür in den anstoßenden
Thurm und auf einer prakticablen Stiege eine zweite Thür in
denselben Thurm.

Vierter Auftritt.

Königin Gerlind. Wolfram, ihr Knecht. Später Dietrich
und andere Knechte.

Königin Gerlind.

O wiederhol' noch einmal Deine Botschaft,
Süß wie Musik des Frühlings tönt sie mir.

Wolfram.

Wie ich gesagt, Frau Königin: Fürst Herwig
Ist todtgeschlagen.

Gerlind.

Todt, da hast Du Gold,
Sprich weiter!

Wolfram.

Auch Prinz Ortwin ist gefallen.

Gerlind.

Und Ortwin ist gefallen, holde Labsal,
Hier hast Du Spangen, weiter, immer weiter!

Wolfram.

Auch Horand sank und hunderte von Riesen,
Die wir nicht kennen. Hartmuts Heldenschwert
Flog wie ein Blitz herab in die Geschwader.
Schon bis zum Meerstrand warf er sie zurück.
Der Tag ist unser. Solches läßt er melden
Der Königin, doch bittet er zugleich
Um Brod und Wein und Fleisch, auch um Verband
Für manchen Wunden. Kurze Mittagsrast
Hält Freund und Feind, um neue Kraft zu schöpfen.

Gerlind.

Sprich mehr und singe, holdes Vögelchen,
Hier hast Du Perlen, hier Geschmeid zum Lohn.
Was er begehrt, — er soll's in Fülle haben.

Wolfram.

Und ferner läßt Euch sagen König Hartmut,
Ihr mögt die fremden Mädchen wohl beschützen.
Er bittet, ja er fordert und befiehlt,
Daß ja kein Leid den Edlen hier geschehe.

Gerlind.

Schon gut. Es wird gesorgt. Frau Hilda soll
Im Waschen und im Weinen sie ersetzen.
Ihr bringt sie doch bald her als Kriegsgefangne?
Hier soll sie knien, hier will ich meinen Fuß
Auf ihren Nacken setzen. Horch, sie kommen!
Täuscht mich mein Ohr, mich dünkt, ich höre Jubel
Und Waffenklang. Laßt uns entgegenziehn.

Wolfram.

Das klingt just nicht wie Jubel, Königin.

Dietrich (stürzt herein).

Steht aufrecht, Königin. Weh über uns
Und Cassian! Der König ist erschlagen!

Gerlind.

Der König — welcher König?

Dietrich.

                    Sagt ich's nicht,
Der greise König Ludwig ist erschlagen,
Und König Hartmut fingen sie lebendig.

Gerlind.

Mein Sohn gefangen — Mensch, Du faselst Wahnsinn.
Hör diesen!

Wolfram.

Ja, wir siegten, als ich kam!

Dietrich.

So war es auch. Schon bis zum Meeresstrand
Zurückgedrängt entwich die Uebermacht,
Und flüchtete zersprengt zu ihren Schiffen,
Und schrie und flehte wundenmatt um Gnade.
Der Schrecken hatte sie gelähmt. Herr Hartmut,
Der glorreich solchen Sieg gewann, er wollte
Für heut den Kampf beenden und zur Burg
Zurückekehren, aber König Ludwig
Bedrängte ihn voll Ungeduld und Zorn,
An einem Tage Alles zu vollbringen.
Es war zu viel. Jetzt stürmt der alte Wate —
An seinem breiten Bart, an seinen Augen,
Den bohrenden, erkannt' ich ihn — er kommt,
Und an den Leichenhügeln hebt ein Würgen,
Ein Metzeln an, wie dieses Land nie sah,
Die Feldschlachttodten standen wieder auf,
Und fochten weiter mit zerhau'nen Schädeln.
Selbst König Herwig, den ich fallen sah,
Er saß zu Rosse wieder, blutberonnen,
Als hätte ihn die Schande neubelebt.
So kamen sie herangewogt mit Schnauben,
Ludwig und Wate sprangen aufeinander,
Daß ihre Panzer klangen, ihre Schwerter

Gleich Feuerbränden rote Wunden schlugen,
Sie standen wie in Eisenschmieden Nachts,
Wo Funkenwolken sprühn im Feuerschein.
Laßt mir das weitre — König Ludwig fiel
Von zwanzig Wunden übermannt, sein Banner
Sank in den Staub.

Gerlind.

Hör' auf — all' meine Thränen
Verzehrt des Grimmes Glut in meiner Brust.
Doch Hartmut, sagst Du — was geschah mit ihm?

Dietrich.

Ihn riß die Brandung des Getümmels fort,
Gleich einem Scheiternden, der nah am Strand,
Er konnte seinem Vater nicht mehr helfen.
Er war umzingelt, überwältigt bald!
Ach, alle Weiber auf den Zinnen schrie'n,
Die fremden Mädchen nur in diesem Thurm,
Sie winkten triumphirend mit den Tüchern,
Als das geschah!

Gerlind.

Die fremden Mädchen, wie?
Das haben sie gesehn, begrüßt, belacht,
Von ihrem Schausitz wie beim Buhurdiren?!
Die Elenden, ich war ein Kind, zu beben,
Das giebt mich wieder mir zurück. Nun, Rache,
Stähl' meinen Arm, gieß Wahnsinn in mein Blut,
Mach' jede Muskel zur Hyäne wild!
Wer von Euch will verdienen diese Kette
Und dies Geschmeid? Er soll die Eichenthür

Mit seinem Beile auseinanderhauen,
Ich will mich heut im Mädchenblute baden,
Um wieder jung zu werden! nun, wer wills?

Dietrich (pocht an die Thür).

Ich poche an, doch keine Antwort kommt.

Gerlind.

Poch stärker an. Versprich das Leben Allen,
Wenn sie die Eine — Todverhaßte liefern,
Gudrun für Alle. Hört Ihr wohl — Gudrun!

(Dietrich klopft wiederholt.)

Dietrich.

Vergebens ist es — keine Antwort kommt,
Nur Seufzen hör' ich, Schluchzen, leises Jammern,
Und Durcheinanderrufen, wie vor Angst.

Gerlind.

Die Thür ist fest, doch weiß ich andern Eingang
Von jenem Thurm. Komm, hole Deine Beile,
Dann ohn' Erbarmen — Du verstehst mich, Mensch,
Ich mach Dich reich, ein Saumthier goldbeladen,
Ich schenk es Dir, doch keine darf von dannen!

(Gerlind geht mit Dietrich und Wolfram auf der Stiege zur zweiten Thür, die
in den Thurm führt.)

Fünfter Auftritt.

Gleich darauf öffnet sich die untere Thür und **Gudrun**, **Hildburg**, **Swanhild**, **Rotrud** und **Rosimund** erscheinen nebst anderen **Mädchen**.

Gudrun (zu Hildburg).

Laß mich! Vergebens hältst Du mich zurück,
Ich will ihr selber Aug' in Auge stehn.
Ihr seid noch jung. Was liegt an meinem Leben?!
Wo ist sie hin?

Hildburg.

Was thust Du, theure Gudrun!
Um Gott, Du bist verloren, schließt die Thüren!

(Die Thür, durch die sie gekommen, wird geschlossen.)

Dies morsche Mauerwerk mit hohlen Thürmen,
Mit hundert Treppen und mit hundert Gängen,
Ein Tummelplatz für Ratten und Gespenster,
Zum Brand und Einsturz ist es reif. Auch hier
Durch alle Mauerritzen weht der Wind,
Und keine Thür, sie schließt — die einzige,
Du giebst sie preis, Gudrun —

Swanhild.

Hildburg hat Recht,
Wir waren oben sicherer verwahrt.

Gudrun.

Laßt alle Thüren offen, und seid furchtlos.
Ich schütz' Euch Alle — ich — Ihr habt's gehört:
Euch grollt sie nicht — ihr Zornmut gilt nur mir,
Ist eine schuldig, bin ich es allein,

Denn meine List betrog sie. Seht, sie kommt
Nicht wieder, nur ein Traum war die Gefahr.
Denn so entmenscht kann eine Frau nicht sein,
Ihr denkt zu übel von der Vielgeprüften.
Vielleicht hat sie uns Kunde bringen wollen —
Vielleicht auch — theure Hildburg, wie mein Herz
Im Busen hämmert — triumphiren will sie.
Mich füllt die Angst, sie Alle sind erschlagen,
Erst sah ich meiner Mutter Zelt am Fluß,
Jetzt ist's verschwunden, und es tobt der Kampf
Noch ebendort. Wenn sie gefangen wäre —

Hildburg.

Wir sind im Sieg, sie drohte uns den Tod.

Swanhild.

Ich hörte schrei'n, daß König Ludwig fiel,
O komm zurück!

Rotrud.

Ihr saht mit eignen Augen,
Daß sie den Hartmut fingen, kommt zurück!

Gudrun.

Ich kann nicht, meine Schwestern, kann's nicht sehn,
Wie meinethalben tapfre Männer sterben.
Das Bild ist gräßlich. Blutende, Erschlagne,
Das Stöhnen der Verwundeten, das schrille
Geschrei der Weiber, und die Stadt in Brand.
Erspart mir die entsetzensvolle Schau,
Ich kann's nicht sehn. Doch wenn's Euch Freude macht,
So geht hinauf, doch mich laßt hier allein,
Und habt Ihr Furcht, so rettet Euch beizeit.

Hildburg.

Wir Dich verlassen, nie, Gudrun!

Rosimund.

Ist uns
Noch Leid bestimmt, so leiden wir zusammen!

Rotrud.

Vergieb mir, daß ich an Dir zweifelte,
Wer konnt' es ahnen, daß die Rache nah.

Swanhild.

Wer konnte Dich verstehen, theure Gudrun.
Wir waren blind aus Thorheit und aus Furcht.

Gudrun.

Warum so ängstlich, Ihr Geliebten, Guten,
Zehn Jahre haben wir im Leid geduldet,
Doch ist uns heute Schlimmeres noch bestimmt,
Wir wollen's tragen. Drum für jeden Fall
Laßt uns hier beten und dann Abschied nehmen.
So lang wir glücklich sind, ist jede Stunde
Unendlichkeit und jeder Mensch unsterblich.
Doch erst an Leichen merken wir die Zeit,
Den hohlen Abgrund alles Erdenlebens.
Die Jugend ist allzeit stets unbegrenzt.
Der Kummer erst dämmt unsre Tage ein.
Verzeiht mir, daß ich Eure Jugend stahl,
Verzeiht mir, daß ich Ursach Eurer Leiden —
Verzeiht mir, daß ich mich nicht beugen wollte.
Oft sagten Eure kummervollen Mienen,
Oft Eure Seufzer, Eure wunden Augen,
Daß ich wohl ändern Euer Loos gekonnt.

Verzeiht. Mir ist zu Muthe, theure Schwestern,
Als ständ' uns noch das Schrecklichste bevor.
Ich will nicht Schuld an neuen Gräueln sein;
Nehmt diesen Kuß zum Abschied, Du und Du,
Du meine Hildburg, Zeugin meines Grams,
Du Krankenpflegerin, Dein mildes Lächeln
War mir Arznei, Du hast mich oft erquickt,
Wenn muthlos ward die Seele, siech und wund.
Ich kann Dich nicht belohnen, süße Schwester,
Leibeigen nicht — herzeigen bist Du mir.
Jetzt geht hinauf, fort, geht hinauf, ich will's.
Seht, wie die Dinge stehn, ich weiß es ja,
Ihr seid voll Ungeduld, doch ich kann warten,
Geübt im Dulden haben mich zehn Jahr.

Rosimund.

Hört Ihr's! Es klirrt im Gang, sie kommt zurück,
Sie ruft den Knechten — ach, wohin mit uns!

Swanhild.

Sie donnern an die Thür, Beilschläge fallen,
Helf' Gott uns Armen, wir sind all' verloren!

Rotrud.

Da fliegt die Thür in Stücken, Gudrun, Gudrun,
Die Wölfin kommt. Doch wir beschützen Dich!

(Sie drängen sich alle um sie.)

Hildburg.

Nun haltet Wort. Jetzt gilt's, zusammen sterben!

Sechster Auftritt.

Nach heftigen Schlägen wird die Thür des Hintergrunds zertrümmert.

Gerlind erscheint mit **Wolfram** und **Dietrich**. Die Vorigen, später **Hergard**.

Gerlind.

Hab' ich Euch endlich, meine saubren Hühnchen?
Seht doch, sie knien, sie heucheln Angst und Demut,
Im Stillen aber lodern sie voll Jubel,
Daß Ludwig fiel und Hartmut ward gefangen.
Nicht spannenlange Weile sollt Ihr lachen,
Noch hab' ich Euch in meiner Macht, und stürmt
Der Feind herein, nur Leichen soll er finden.
Vorwärts, Wolfram und Dietrich, haut sie nieder,
Rächt Eures Königs Tod, rächt Hartmuts Schmach!

Wolfram (mit erhobenem Beil).

Ihr müßt jetzt sterben!

Dietrich (ebenso).

Kein Erbarmen giebt's!

Gudrun (ihnen entgegen).

Thut immer, was die Königin befiehlt.
Doch denkt daran: Dir pflegt ich einst die Mutter,
Wolfram, als sie im Sterben lag, und Dir
Verschafft ich Labung, Dietrich, als die Herrin
Ungnädig in's Gefängniß Dich geworfen.
Doch thut, was Eure Königin befiehlt.

(Dietrich und Wolfram weichen zurück.)

Gerlind.

Willst Du nun schweigen, höllische Zauberin,
Seid Ihr noch Männer, hündisch Euch zu ducken,
Entmanntes, undankbares Hofgesindel!
So mache ich den Anfang, her das Beil!

Hildburg (fällt ihr in den Arm).

Erst mich und alle andern, schone Gudrun!

Gerlind.

Laß meinen Arm. Ihr Alle kommt daran,
Denn ich bin König Ludwigs Weib, hinweg!

(Sie schleudert sie fort und erhebt das Beil gegen Gudrun.)

Hergard (stürzt herein).

Flieht, Königin, wenn Ihr könnt; wir sind verloren,
Sie dringen in die Burg. Auf allen Zinnen
Wehn schon die Fahnen Hildens — sehet hin!
Die ganze Stadt loht auf in Brand. Das Blut
Steht in den Straßen, und der grause Wate
Würgt schon im Hofe. Horch, sie kommen schon!
Gudrun, zu Deinen Füßen sieh' mich knie'n,
Erbarm Dich meiner, laß mich nicht verderben.

Gudrun.

Wie darfst Du's wagen, mir zu nahen, Hergard,
Du warst die Kluge, die den Augenblick
Ergriff, als gäb's nicht Zukunft, noch Vergangnes.
Ich schelte nicht. Wie Du, sind Tausende,
Der Sperling in der Hand sei besser, sagt Ihr,
Als in der Luft ein Falke; Eure Klugheit
Kann sich nicht schauen in der Treue Spiegel,
Ohn' ihn entsetzt in Trümmer zu zerschmettern.

So wolltest Du auch mich zertreten, Hergard.
Und doch — bin ich's im Stand, so bleib am Leben —
Stell Dich zu meinen Mädchen!

Gerlind (mit heftigem Kampfe).

Erd und Himmel!

Sieh mich nicht an, Gudrun, o Königstochter,
Wir haben übel wohl an Dir gethan.
Sieh mich nicht an, ich kann es nicht ertragen,
Daß mir Dein Auge in die Seele bohrt,
Ich kann nicht sterben, heute noch nicht sterben,
In Deinen Händen liegt mein Schicksal nun.
O, laß mich leben, Gudrun, übe Gnade,
Sieh mich im Staub zu Deinen Füßen knie'n.

Swanhild.

Ihr habt uns keine Bitte je gewährt,
Und nun entwürdigt Ihr Euch selbst zum Betteln!

Rosimund.

Schmeckt es, Frau Königin, im Staub zu liegen?
So waltet Gott, die Ersten sind die Letzten,
Und die die Letzten waren, hebt er auf!

Rotrud.

Im Glücke freilich war sie eine Riesin,
Doch nun im Unglück schrumpft sie kläglich ein!

Gudrun.

Schweigt, Ihr Unholden; hüllt Euch selbst in Scham;
Unglückliche verhöhnen konnt' ich nie —
Hat Euer Herr und Meister so gesprochen,
Als er am Kreuz die ganze Welt besiegt?
Sie wissen nicht, mein Gott, was sie gethan.

Steht auf, Frau Königin, nicht ziemt es Euch
Zu knien. Stellt zu den Meinigen Euch auf!

(Gerlind erhebt sich.)

Siebenter Auftritt.

Die Vorigen. Wate kommt mit Kriegern. Der Burghof in
Feuer. Später Hilda, Herwig, Ortwin, Frute, Horand,
Morung und Irold mit kriegerischem Gefolge.

Wate.

Wo ist die Wölfin, wo die Teufelin?
Heraus mit ihr! Wo birgt sie sich? — Ah, Gudrun,
Du ärmstes Königskind — mein Gruß zuvor.
Bist Du zufrieden?

Gudrun (sich abwendend).

Komm mir nicht zu nah

In Deinem grausen Schmuck von Menschenblut.
Wie gern ich Dich begrüßte, so verzicht ich
Heut gern darauf, in Deiner Löwenwuth
Dich zu berühren. Meinen Willkomm erst,
Wenn hier kein Gräuel mehr geschehen darf!

Wate.

Dank, edle Jungfrau. Euch als Gudrun kenn' ich,
Doch sagt, wie heißen um Euch diese Frau'n?

Gudrun.

Du sollst sie schonen, denn die Armen sind's,
Die über's Meer mit mir gekommen sind.

Wate.

Wenn's Wahrheit wär; sie zittern ja wie Espen.

Gudrun.

Die, so Du suchst, sie finden sich nicht hier.

Wate.

Lockt meinen Zorn nicht, Gudrun. Wollt Ihr bald
Die Rechten zeigen, oder beim Gewitter!
Ich kann die Freunde nicht von Feinden scheiden,
Und selbst Unschuldige müßten es entgelten!

Hergard (zu Gerlind).

Ihr reißt uns Alle in's Verderben noch.
Was zerrt Ihr mich zurück, denn Ihr seid Gerlind
Und seid die Königin!

Gudrun (unvorsichtig).

Was thust Du, Hergard!

Wate.

Brav, daß die Angst sich selber so verräth.
Da hör' ich Namen, die wie Labung klingen.
Hervor mit Euch, Frau Teufelin, nun sagt,
Braucht Ihr noch mehr so schöner Wäscherinnen —

Gerlind.

Gudrun, gedenke Deines Worts! (Sinkt vor Gudrun ins Knie.)

Wate (reißt sie auf).

Hinweg!

Ich muß jetzt hüten meine fromme Herrin,
Daß sie nicht wieder Eure Linnen wasche.
Hinaus mit Euch. Noch Widerstand, ich pack Euch
Beim Haare, fort!

Gudrun.

Schenk ihr das Leben, Wate,
Wir konnten gute Tage bei ihr haben.
Sie ist so schlecht nicht, wie sie scheinen will;
Ja, sie ist gütig; schmeichelt man ihr nur,
Kann man am Band sie führen wie ein Lamm,
Nur Widerstand schuf sie zur Rasenden,
Und Tobsucht zehrte Jahr um Jahr an ihr,
Ein Giftgeschwür, ein Schwamm, ein wilder Gießbach,
Der Trümmer führt und Zweige, Erd und Schutt,
Und festes Land mälig zum Sumpfe macht.
Dran leiden Viele, wenn sie älter werden.
Drum schone ihrer, Wate, sieh mich flehn.

Wate.

Das kann nicht sein! Zuchtmeister bin ich hier,
Und werd' Euch zeigen, wie man Frauen zieht.
Hinaus mit ihr!

(Gerlind entflieht.)

Entfliehst Du, grade recht.
Du läufst den Henkern in die sichren Arme.
Auch Du, die ihre Herrin frech verrieth
Und sich ein Herzogthum gewann, hinaus!

Gudrun.

Hergard, entfliehe — wehe mir, zu spät.

(Hergard entflieht.)

Wate.

So haben wir die Schlangen in der Faust.
Bald haben sie nun ausgezischt — ich komme!

(Mit erhobenem Schwert ab.)

Swanhild (ihm nachschauend).

Er packt sie bei den Haaren, Erd und Himmel!

Rotrud.

Sie wehrt sich noch, er schwingt sein Schwert, Gudrun!

Rosimund.

Es ist geschehn! ——

Gudrun.

Entsetzensvolle That!

Wate (kommt zurück).

Sind hier noch mehr, die ihr Verwandte sind?
Und wären sie so hoch noch und so vornehm,
Das Haupt zur Erde will ich ihnen beugen,
Nicht Mann, noch Weib, noch junge Brut im Nest
Geschont soll werden!

Gudrun.

Gräuelvoller Mann,
Was haben Dir die Schuldlosen gethan?
Erbarmt Euch doch der Waisen, Gott zur Ehre
Und meinethalben, die den Namen noch
Zu diesem Blutbad geben muß!

Wate.

Nichts da!

Euch däucht es gut, die Brut am Leben lassen.
Soll sie gedauern, würd' ich diesen Frieden
Und unsre Enkel keinen Heller achten.
Dies ganze Volk muß ausgerottet werden,
Gekommen ist sein jüngster Tag, und wir
Sind Gottes fromme Würgeengel heut.

Uns können grüne Ostern erst erblühn,
Wenn roth der Palmensonntag ward gefeiert!

Gudrun.

Wer rettet uns vor diesem Ungeheuer!

(Die Pforten des Hintergrunds öffnen sich. Königin Hilda mit Ortwin
und Herwig. Frute, Morung, Horand und Irold, Kriegsvolk
und Gefolge. Das Ganze muß ein reich bewegtes Bild bieten.)

Herwig.

Gudrun, wo bist Du, meine süße Gudrun?

Gudrun.

Mein Herwig, mein Geliebter, und mein Bruder!
Wo ist die theure Mutter?

Hilda.

Meine Gudrun,
In meine Arme komm, mein Schmerzenskind,
Wie sehr bist Du verwandelt —

Gudrun.

Meine Mutter,
Du bist's, nur weiß geworden ist Dein Haar,
Um meinetwillen härmtest Du Dich ab.
O nimm mich hin, doch hör mein Flehn zuvor:
Laß Gnade ausgehn, eh ich Dich umarme.
Thut diesem Morden Einhalt, gebt Verzeihung
All' denen, die noch leben. Darum knie ich,
Dann bin ich still und küssen will ich Dich.

Hilda.

Es sei gewährt; ruft Wate gleich zurück.
Kein Schmerzenslaut soll unsre Freude stören.

Das erste Werk sei Gnade, weil der Herr
Uns Gnade hat so überreich gegeben.

Wate.

Wie wir begonnen, also enden wir.
Einst raubte ich ein reizend Königskind
Für meinen König, nicht für eigne Lust.
Nun raub' ich seine Tochter abermals.
Doch nicht für mich, für den Geliebten nur.
So zeigt dasselbe Antlitz unser Leben,
Und meines heißt: dem eignen Glück entsagen,
Und andern dienen. Sechzig Jahre lang
Bedacht ich's oft, warum es so geordnet.
Ich fand es nicht, doch Gott im Himmel weiß,
Warum er Jeglichem sein Loos bestimmt.

(Gruppe.)

Der Vorhang fällt.